ベリーズ文庫

エリート御曹司は獣でした

藍里まめ

JN167588

STARTS
スターツ出版株式会社

目次

エリート御曹司は獣でした

彼の秘密

一月下旬の東京《とうきょう》は、冷たい雨が降っている。

暖房が入り、乾燥気味のオフィスの一角には、湯気の立つ煎茶《せんちゃ》を淹《い》れたマグカップが四つ。

八人掛けのミーティングテーブルを使用して私たち事業部のOL四人は、平和な昼食を楽しんでいるところである。

「奈々子《ななこ》、汁が服に垂れたよ」

そう言ったのは、私の向かいの席に座る、堀田香織《ほったかおり》。

私と同じ二十五歳で、黒髪のショートボブが似合う快活な女性である。

彼女の注意で下を見た私は、「わっ！」と驚きの声をあげた。

手に持っているのは、サラダチキン。真空パックのものをそのまま持ってきたので、食べにくく、ポタポタと汁が垂れていたみたい。

今日の私はボウタイブラウスと水色のカーディガン、紺色の膝下丈プリーツスカートという服装で、スカートの右太もものあたりが少々濡《ぬ》れている。

急いでチキンをテーブルに置き、ティッシュで拭きながらも、子供じみたこの失態を笑ってごまかそうとした。

「今日はお客さんのところに行く予定はないんだ。だから汚れても大丈夫」

「いや、そういう問題じゃないでしょう。どうして丸ごと持ってくる？　しかもお弁当もしっかりあるのに、プラス、サラダチキンって……」

呆《あき》れ顔の香織に指摘された通り、普通サイズのお弁当も今、目の前に広げている。

たった数口分のご飯の横に、肉巻きと生姜《しょうが》焼き、豚カツとウインナーを詰め、彩りにレタスとミニトマトをほんの少々添えたものだ。

八割が肉で占められた、この肉弁当は、私の手作り。ひとり暮らしなので、自分のためだけに、毎朝早起きして作っていた。

そして今朝、ペットボトルのお茶を買おうとコンビニに立ち寄った際に、目についたサラダチキンが美味しそうで、つい手に取ってしまったというわけである。

私の肉だらけの昼食に疑問を投げかけた香織はといえば、昼時に事業部にやってくる訪問販売業者のサンドイッチを食べていた。

スカートを拭き終えた私は、お弁当の豚カツに箸を伸ばしつつ、「その理由、説明いる？」と彼女に言葉を返す。

すると香織は目を瞬《しばた》かせ、一拍置いてから「いらないね」と笑った。

「肉が好きだから、だよね。入社時から知ってる。ごめん、聞いた私が馬鹿だった」

私たちは入社三年目の同期で、社外でも親しい友人付き合いをしているため、私が無類の肉好きであることを、香織はよく理解してくれている。

一緒にテーブルを囲んでいるのは、ひとつ上の先輩、綾乃《あやの》さんと、ひとつ下の後輩、八重子《やえこ》ちゃん。

私と香織の会話をウフフと笑って聞いていた綾乃さんが、おっとりと癒《いや》し系の顔で、私をからかった。

「奈々ちゃんのお肉にかける情熱は、すごいわよね。『恋より肉！』って叫ばれた時のこと、まだ覚えてる」

それは昨年のバレンタインデーの前に、この四人で職場用の義理チョコを買いに行った時の話だ。

デパートの地下二階には、バレンタインチョコの特設売り場の他に、お洒落《しゃれ》なお惣《そう》菜《ざい》を売る店舗が数軒入っていた。

ショーケース内で美しく輝くローストビーフを見てしまった私は、ついチョコ売り場を外れて、そちらの方へフラフラと。

それを引き止めようとした綾乃さんに、『バレンタインよりローストビーフ！ 恋より肉！』と目をギラつかせて叫んだのだ。

今さらながらに恥ずかしく思い出しつつ、私はウインナーをパクリ。

すると今度は入社二年目の後輩、ど天然の八重子ちゃんが、コンビニのおにぎりを食べながら、やや的を外した感想をくれた。

「奈々さんがお肉に夢中なのは納得です。だって奈々さんの肉弁当、いつも美味しそう。食べても太らない体質なんてずるい。私も人目やカロリーを気にせずに、お腹いっぱい脂身食べたいですー」

八重子ちゃんは、クリッと丸い目を細め、ニコニコして私の返答を待っている。

一応、褒《ほ》めてくれたのかな……？

なんと返していいのか正解がわからないので、「ありがとう」とお礼だけ伝えて、私はこっそりとお腹の肉をつまむ。

太らない体質だと自分でも思っていたけれど、最近、少々贅肉《ぜいにく》がついてきた気がして……。

百五十五センチ、四十八キロの標準体型を長らく維持してきたのに、三日前に体重計に乗ったら、五十キロに増えていた。やはり肉の食べすぎだろうか……。

でもテレビのダイエット番組で、炭水化物は摂りすぎると太るけど、タンパク質は問題ないと言っていた。だから太ったのは、肉のせいではないと思いたい。

食生活を変えずに体重を戻したいから、帰りは電車に乗らずに、二駅分を歩いて帰ろうかな……。

卵形の顔に、小さくも大きくもない奥二重の瞳。平凡な鼻と、平均的な厚みの唇。どこにでもいそうなごく普通の顔立ちの私なので、なにかトレードマーク的なものが欲しいと思うが、〝太っている〟という特徴は嫌だ。

そのようなことを考えて、お腹の贅肉を気にしていたら、「相田《あいだ》さん」と後ろから声をかけられた。

肩までのストレートの黒髪を揺らして振り向けば、そこに立っていたのは、コートを小脇に抱えたスーツ姿の男性社員である。

「昼食中にごめん。午後のチーム会議までに、これをやっておいて」

そう言った彼は、仕事の指示を書いたメモ用紙を私に手渡し、爽《さわ》やかに微笑《ほほえ》んだ。

それを見ている香織たちが、思わず感嘆のため息を漏らしたのが聞こえる。

なんて綺麗な笑顔。

もはや尊い域に入っているよね……。

彼は久瀬《くぜ》隆広《たかひろ》。入社六年目の二十八歳だ。

凛々《りり》しい眉と切れ長二重の瞳、鼻筋が通り、少々薄い唇を開いて微笑めば、白い歯がキラリと光る。

短い黒髪はナチュラルさを残しながら清潔なビジネスヘアに整えられ、サラリとした前髪が斜めに額にかかっていた。

加えて百八十センチ超えの高身長で、ほどよい筋肉質の細身体型。濃紺のスーツ姿が眩《まぶ》しすぎて、職場内でのサングラス着用を許してもらえないかと密かに思った時がある。

久瀬さんは、私がこれまで出会った男性の中で、間違いなくナンバーワンのいい男。そう捉えているのは、私だけではなく、この部署の五十人ほどいる女性社員、全員であろう。

今日も久瀬さんは素敵だと思いつつも、意識を渡されたメモ用紙に移した私は、立ち上がって彼に問いかける。

「原紙の価格推移表の作成ですか……。もしかして、オリハラ食品さんの新商品の件ですか？」

「そう。納入業者の提示額に納得してくれないから、説得材料にしようと思って。それでもダメなら、製品の質を下げるしかないよな」

彼はそう言って、少し困ったように笑った。

この会社は、菱丸《ひしまる》紙パルプ株式会社。三大商社と言われている菱丸商事の、紙部門のグループ会社である。

原紙の調達から顧客に紙製品を納入するまでのプランニングが主な業務で、久瀬さんと私が所属する第一課は、食品梱包用段ボールや惣菜の紙トレーなどの食品包材を扱っている。

第一課は三十八人だが、このフロアは第四課まで事業部の総員百五十人ほどが使用しているため、とても広く、昼休み時間の今はあちこちで雑談が交わされ、賑《にぎ》やかであった。

そんな中で久瀬さんはひとり、コートと鞄《かばん》を手に、顧客訪問に出かける格好をしているのが気になった。

「久瀬さんは、どちらへ?」と問えば、オリハラ食品とは別会社の名前を言われる。

「打ち合わせ時間を変更してほしいと連絡が入ったんだ。これから行ってくる。わからないことがあれば係長に聞いてね」

「はい、わかりました。あの、久瀬さんは昼食を取ったんですか?」

「いや、時間がないから今日はいらない。腹減ってないし平気だよ。ありがとう」

私なら、たとえ顧客からの要望であっても、肉チャージができないような昼食時のアポイントの変更は受け付けない。

けれども久瀬さんはこともなげにそう言って、「相田さん、それ頼むな。十四時半までには戻る」と身を翻《ひるがえ》した。

颯爽《さっそう》と部署を出ていく後ろ姿にもイケメンオーラが溢《あふ》れ出ており、見惚《みと》れてしまう。

しかし気持ちはすぐに、「あっ、肉！」と戻されて、メモ用紙をポケットに入れた私は、椅子に座り直して続きを食べ始めた。

生姜焼きを頬張っていると、「さすが奈々子」と、なぜか香織に感心される。

「私だったら、久瀬さんと一対一で話すのに緊張して、自然体でいられないよ。一緒に仕事ができる奈々子が羨ましい反面、心臓がもたないから別でよかったかもしれない」

久瀬さんの出ていったドアをまだうっとりと見つめている香織は、彼と会話しても心を乱さない私をそのように褒めた。

私も初めは話すたびにドキドキしていたが、一緒に働くようになって三年目ともなれば、慣れるに決まっている。

彼のことは入社時から一貫していい男だと思うものの、毎度、胸を高鳴らせていては、仕事にならなくて困ってしまう。

それに対して香織は第三課で、コピー用紙や商業媒体向けの印刷用紙を扱っており、同じ事業部であっても久瀬さんとの関わりは少ない。

綾乃さんはというと、これまた別の第二課所属である。トイレットペーパーやティッシュペーパー、紙おむつなど、ドラッグストアで売られているような紙商品を扱うメーカーとの取引を主な業務とする課だ。

久瀬さんとの接点が少ない綾乃さんもまた、頬を染めて、彼を間近で見た余韻に浸っていた。

「どうして毎日ときめいちゃうのかしら。一度くらい、ふたりで食事に行ってみたいわ……」

そんな女の願望を独り言のように漏らした綾乃さんに、私は箸を止めて、「あれ?」と口を挟んだ。

綾乃さんは、彼氏持ちだったはず。

今も右手の薬指に彼氏からの誕生日プレゼントだという指輪をはめているけれど、もしかして別れたのかな……?

恐る恐るそれを尋ねれば、ふんわりと微笑んだ彼女に「ううん、続いてるわよ」と否定された。

「私の彼はいい人だけど、久瀬さんの方が素敵だもの。万が一、交際を求められたら、すぐ乗り換える」

「えっ……」

「見た目だけじゃなく、爽やかで誠実な性格も好き。こっちは緊張して身構えちゃうけど、気さくに声をかけてくれるところもいいわよね。なにより御曹司だもの。社内一の出世株だし、将来性はよだれものだわ」

ペロリと唇を舐《な》めた彼女に、私はツッコミを入れずにはいられない。

「綾乃さん、その現金な性格と、おっとり癒し系で欲がなさそうな見た目のギャップが激しすぎます……」

一年先輩である彼女に、歯に衣《きぬ》着せぬ言い方ができるのは、仲がいいからである。

そして、綾乃さんの彼氏には悪いとは思うけれど、相手が久瀬さんなら、乗り換えると言われてしまうのも無理はないと感じていた。

久瀬さんは、うちの会社の親会社的な存在にあたる、菱丸商事の会長の孫である。

今は統括主任というポジションにいる彼だが、来年には係長に昇進すると噂《うわさ》されており、その数年後には課長、部長と、他の社員より出世が早いと予想される。

ここは大企業傘下《さんか》のグループ会社なので、若者が役職に就くのはあり得ないほど難しく、係長は四十歳くらいでなるのが普通である。

それを二十代で実現させようとしている久瀬さんは、特別な存在に違いなく、ゆくゆくは菱丸商事の取締役に収まるのだろう。

けれども彼のスピード出世は、会長の孫だからという理由だけではないと、私は思っている。一緒に仕事をしていれば、彼の有能さがひしひしと感じられる。

顧客のニーズに常に最高のプランニングで応える彼は、抱えている仕事が誰よりも多い。それは、顧客から名指しされるからだ。

自分の仕事のみならず、私のような下っ端社員の面倒もしっかりみてくれて、リーダーシップの才覚も優れている。

同年代の社員中で抜きん出て仕事ができるので、ひとりだけ異常に出世が早くても、きっとやっかむ人はいないのではないかと思われた。

当然のことながら、エリート御曹司の彼を狙う女性社員は多い。

綾乃さんはかなり控えめな方で、あからさまにモーションをかけている女性もいる。

彼に興味を持たない女性もたまにはいるが……それは、私の隣でニコニコと話を聞いている八重子ちゃんである。

おにぎりの二個目の包みを開けている彼女が、「でも」と声を潜めずに話し始める。

「久瀬さん、付き合い悪いじゃないですか。私はみんなとワイワイ騒いでくれる人の方がいいな。社内では気さくに話しかけてくれますけど、食事に誘っても断るし……」

その発言に私たち三人は、揃って「えっ⁉」と声をあげた。

「八重子が久瀬さんを誘ったの⁉」と香織が目を丸くして問いかければ、彼女は「はい」とキョトンとして頷《うなず》く。

「この前、私、ミスしちゃったんです。発注量の桁を間違えて、もう大変。そうしたら久瀬さんが対処してくれて、損失を出さずに済みました。お礼に食事を奢《おご》らせてくださいと言ったんですけど、断られちゃいました」

八重子ちゃんは、私や久瀬さんと同じ第一課所属である。

けれども、そんなことがあったとは知らず、私は目を瞬かせるばかり。

彼女は、驚く私たちの反応を気にすることなく、話し続ける。

「それだけじゃないですよ」

先週、第一課の若者メンバー数人で、居酒屋に寄って帰ろうと話していた時に、退社しようとしていた久瀬さんが近くにいたから誘ったそうだ。すると、『用があるんだ。ごめん、また今度』と言われたのだとか。

そんなやり取りは、過去に三回ほどあったとも聞かされて、私は「待って」と八重子ちゃんの話を遮った。

久瀬さんがどうこうではなく、別の問題に戸惑ったからだ。

「私、同じ課なのに、仕事帰りの飲み会に誘われてないんだけど……」

「仲間外れなの？」と焦ったら、天然スマイルを浮かべた八重子ちゃんに明るく指摘される。

「奈々さん、いつも終業時間になったら、すぐ帰っちゃうじゃないですか。お肉が値下がりするからって。誘いたくても誘えません」

それは、確かに。

行きつけのスーパーマーケットは、十八時十五分頃に値引きシールを貼るため、私は終業時間の十八時になったら走って帰ることが多い。

値引き待ちの奥様たちに負けじと、安価な肉をゲットしているのだ。

「それと……」と八重子ちゃんは続ける。

「奈々さんのおうちの肉パーティー、みんな楽しみにしてますから。仲間外れどころか、むしろ奈々さんは、うちの課の中心です」

それも、確かに。

私は月に二回のペースで、休日に焼肉や鍋などの肉パーティーを開催している。

1LDKの自宅マンションに、学生時代の友人が集まる時もあれば、同僚を呼ぶこともあり、大勢でワイワイと肉を頬張るのが好きなのだ。

みんなも楽しそうにしてくれて、八重子ちゃんの言うように、その日の主役は私で、外されている気はしない。

焦りが引けば、肉パーティーと言われて思い出したことがあった。

「そういえば、私も久瀬さんを肉パーティーに誘って、断られたんだよね……」

あれは、いつだったか。たぶん入社して半年ほどが経った、二年以上前のことだ。

同期と自宅での焼肉パーティーを計画し、お世話になっている先輩社員数人にも声をかけたら、久瀬さんには『用があるんだ。ごめん』と言われた。

その時の彼は困ったような顔をしていたため、『ああ、この人は、職場での人間関係をプライベートにまで持ち込むのは嫌なんだ……』と感じ、それ以降はお誘いの声をかけていない。

その推測はたぶん当たっていて、彼は部署全体での忘年会や接待には参加しても、個人的な飲み会の誘いは全て断っているようである。

ど天然の八重子ちゃんは別として、周囲の人もなんとなく久瀬さんを誘ってはいけないといった雰囲気がある。

それは久瀬さんがエリート御曹司という特別な存在だからでは……と感じていた私だが、もしかすると、みんなも過去に彼を誘って、断られた経験があるからなのかもしれない。

サンドイッチを食べ終えた香織が、マグカップのお茶を飲み干した。

底の部分が苦かったのか、渋い顔をした彼女は、ひそひそ声で話す。

「久瀬さんは偉ぶったところがないし、人当たりがいいけど、壁を感じるんだよね。笑顔を向けてくれても、本当は私たちと親しくするのが嫌なんじゃないかと思った時もある」

「そうなのかな……」と曖昧《あいまい》な返事をした私は、首を傾《かし》げる。

付け合わせのミニトマトとレタスをほとんど噛《か》まずに飲み込んでから、豚カツの最後のひと切れをゆっくりと味わい、彼について考えた。

「ねぇ、それって、自分はみんなとはレベルが違うと思ってるってこと？　私みたいな下っ端の意見も尊重してくれる最高の先輩だと思ってたけど、もしかして見下されてる？」

そうであってほしくない。今まで感じてきた久瀬さんの人柄は、いいイメージしかないので、私の発言を否定してほしい。

そう思っての問いかけに、綾乃さんがふんわりと笑って首を横に振ってくれた。

「違うわ。久瀬さんはいい人よ。奈々ちゃんは仕事上の関わりが深いから、私よりよく知ってるでしょ？　きっと自分のプライベートな部分に社の人間を関わらせたくない、なんらかの事情があるのよ。それがなにかは、わからないけどね……」

それぞれの昼食を食べ終えた私たちは、「うーん」と考え込んだ。

一見してコミュニケーション能力が高そうな久瀬さんだけど、本当は人付き合いが苦手なのかもしれないし、世の中にはただ単に孤独を好む人もいるだろう。

誰もがワイワイと群れるのが好きなわけではないのだ。

久瀬さんに確かめてみないと正解はわからないが、今の時点ではそれを結論としておこう。

腕時計の針は、十二時五十九分を指している。

お喋《しゃべ》りをしながらゆっくりと食べていたら、あっという間に昼休み終了の時間となり、私たちは慌てて解散した。

お弁当箱を急いで片付けて自席に戻った私は、久瀬さんに渡されたメモ用紙をポケットから取り出す。

業務指示の下に、【よろしくお願いします】と一筆添えてあり、その綺麗な文字には彼の誠実な人柄が感じられた。

それを見て、久瀬さんへの信頼を再確認した私は、自然と笑顔になるのであった。

時刻は十四時を過ぎたところで、静かなデスクワークの時間が続いていた。

広い事業部のフロアはドアがふたつあり、第一から第四までの課の机が、仕切りなく並んでいる。第一課があるのは西側のドア近くで、三十八個の机がふたつの島に分かれ、向かい合わせにされている。

私は南向きの窓に近い自分の席で、ノートパソコンに向かっていたが、集中を一度切って凝った首を回した。

久瀬さんに指示された仕事はやり終え、明日訪問予定の顧客には資料をメールで送信した。別の顧客のプランニング案をふたつ作成し、取引先製紙会社の担当者に電話連絡もした。

十五時からのチーム会議までには、まだ一時間ほどの余裕があるので、それまでなにをしようか……。

こう見えても仕事は人並みにできると自負しており、半年ほど前から重要案件も任されるようになった。

手が空いたので、先輩方に手伝えることはないか、聞いて回ろうと考えていたら、外出していた久瀬さんが帰ってきた。

コート姿の彼が、第一課と第二課の間の通路を歩けば、女性社員の視線がチラチラと注がれる。

彼の髪や肩は少々濡れており、外はまだ雨が降り続いているのだと、私は天気を意識した。

帰りまでに、やんでくれないかな。値引きシールを貼った肉を買いに、今日もスーパーマーケットに寄りたいんだよね……。

久瀬さんのデスクは、私と同じ島の斜め向かいである。

周囲の同僚たちに「お疲れ様です」と声をかけられた彼は、コートを脱ぎながら爽やかな笑顔で応えていた。

私も、昼休みを取れなかった久瀬さんに労《ねぎら》いの言葉をかけてから、「これ、やっておきました」と、彼からもらったメモ用紙を顔の横に掲げた。

「データを送りましたので、確認をお願いします」

すると彼は目を細めて頷き、先輩として私の仕事ぶりを褒めてくれた。

「相田さんは仕事が早いな。とても助かるよ。ありがとう」

どうしよう……照れる。

香織は、私が久瀬さんの前でも平静でいられることに感心していたけれど、そうでもないみたい。他の上司や先輩社員に同じことを言われても、こんなふうに顔が熱くなったりしないもの。

やっぱり久瀬さんの爽やかイケメンスマイルは、攻撃力が並みじゃないよね……。

私は赤い顔を見られないようにノートパソコンに向かって別の仕事を始めたふりをした。

久瀬さんは着席して鞄からファイルを取り出している。

すると後ろから、彼に声をかける人がいた。

「久瀬くん、ちょっといい?」と親しげな口の利《き》き方をしたのは、第二課所属の乗友《のりとも》明美《あけみ》さんだ。

ゆったりと波打つミルクチョコレート色の長い髪をひとつに束ね、有名ブランドのマークがついた水色のオフィススーツを纏《まと》った彼女は、久瀬さんの同期で、彼をあからさまに狙っている女性社員のひとりである。

目鼻立ちのはっきりとした美人で、その容姿を鼻にかけるところがあり、香織や綾乃さんは苦手なようだけど、私はそうでもない。

というより、業務上の接点が薄いから、ほとんど会話を交わしたことがない。

最近、挨拶以外の話をしたのは、たぶん三カ月ほども前のこと。

出勤してコートを脱いだ私に乗友さんが寄ってきて、『そのスカート、もしかしてあのブランドの？』と急に問いかけてきたのだ。

『違いますよ。このスカートは安物の殿堂のあの店のものです。ブランドに見えました？　ヤッタ、いい買い物したー！』

そんな返しをした私に、彼女はすぐに興味を失った顔をして離れていった。

それくらいの関わりしかないので、私には乗友さんに対する苦手意識がないのだ。

久瀬さんは、どうだろう……。

デスクの上のノートパソコンや、立てて並べたファイル越しに彼の様子を窺《うかが》えば、困り顔をしている。

それは乗友さん自身に対してではなく、彼女にお弁当を差し出されたからのようだ。

「お昼、食べてないいんでしょ？　買っておいたわ。仕事熱心なのは久瀬くんのいいところだけど、休憩はちゃんと取らないと。体壊すわよ」

そのお弁当は、昼時にこのフロアにやってくる訪問販売の仕出し屋のものである。

おそらく彼女は、出かける前の久瀬さんと私の会話を耳にして、昼食を取らないと言った彼の分のお弁当を買っておいたのだろう。

乗友さんはニッと、挑戦的にも得意げにも見える笑みを浮かべている。

いや、なにかを期待している笑顔と言った方がいいだろうか……。

そんな彼女の親切は、久瀬さんにとってありがたいものではなかったみたい。

微笑んでいる彼だけど、目は正直に困惑を表している。

それでも自分のための親切を突き返すことはできないようで、彼はお礼を言ってお弁当を受け取ると、財布を出して代金を支払おうとしていた。

それを乗友さんが止める。

「いらないわ。同期入社の仲だもの、奢ってあげる」

「いや、そういうわけにはいかないだろ。俺はこういうことを――」

「いらないったら。久瀬くんは相変わらず真面目ね。どうしても払いたいの？　それなら……」

そこで一度言葉を切った彼女は、しめしめとばかりに嬉しそうな顔をする。

そして、「今度ランチをご馳走してもらおうかしら？」とニッコリ笑って提案した。

「会社近くの洋食屋で構わないわよ。あの店、オムライスが美味《おい》しいの。久瀬くんと一緒に行きたいと思ってたから、ちょうどいい機会ね」

勝手にランチデートの計画を立てた彼女に、久瀬さんの眉《まゆ》が微《かす》かに寄っている。けれども口元の笑みは絶やさずに、彼は「わかった」と頷いた。

「時間に余裕があれば一緒に行こう。なかったら、なにかお返しの品を渡すことにするよ」

果たして久瀬さんが、乗友さんとランチデートをする運びになるのかどうかはわからないが、ふたりの会話に聞き耳を立てていた私は、心の中でポンと手のひらを打った。

奢られるのが嫌だという彼の気持ちを利用してデートに誘うとは、なるほど、うまい手法である。

つい、乗友さんの作戦に感心してしまった私だが、真似してみようとは思わない。なぜなら久瀬さんを困らせたくないからだ。

久瀬さんは大抵いつも、お昼を自席で食べている。誰かと一緒にランチに出かけることはなく、それも同僚とはプライベートな付き合いをしたくないという彼の心の表れなのだろう。

それなのに、ランチデートという条件がついたお弁当を無理やり渡されるとは、モテる男は大変だと私は同情する。

久瀬さんが、人付き合いを煩《わずら》わしいと感じてしまうのも、仕方ないのかも……。

ふたりの様子をチラチラと盗み見ていたその時、私のお腹が小さく鳴った。

昼食を取ってから二時間半ほどが経ち、体が次の肉チャージを要求している。

私の意識は簡単に久瀬さんから逸《そ》れ、机の引き出しの中段をそっと開けた。

そこには事務用品ではなく、ビーフジャーキーやサラミを収納しており……。

両隣と向かいの席は男性社員で、取引先と電話していたり、キーボードに指を走らせていたりと、それぞれの仕事に集中している様子。

誰もこっちを見ていないと確認した私は、ビーフジャーキーの袋を素早く取り出し、青いファイルの間に忍ばせた。そして、何食わぬ顔をして席を立つ。

自宅での肉パーティーに同僚を呼んでいる私なので、無類の肉好きだということは、この部署の多くの社員に知られていると思う。

けれども、昼食時でもない業務中にも、我慢できずに肉チャージしていることを知られるのは恥ずかしい。

それでこうしてこっそりと、肉を食べるために部署を抜け出しているのだ。

ファイルを手に、仕事中ですよといった顔をして、私は会議室に向かう。

この建物は、七階建ての自社ビルで、事業部は三階の南西に位置している。三階には他にふたつの部署が入り、大小様々な会議室が三つと、給湯室や休憩所もある。

ローヒールのパンプスをコツコツと鳴らして廊下を進む私は、大会議室Aの前を素通りし、一番小さな会議室Cの前で足を止めた。

ここでビーフジャーキーを食べようと思ったのだが、あいにく、ドア横のプレートが使用中になっている。

それならばと、隣にある中くらいの広さの会議室Bの前へ行ったが、ここも使われていた。

会議室Aは、広すぎて落ち着かないんだけど、まぁ仕方ないか……。

三十分ほどすれば、うちの課のミーティングが始まってしまうし、私の胃袋がグウグウと肉を要求してうるさいので、待っていられない。

それで、いつもは選ばない会議室Aに入ろうとしたら、後ろから声をかけられた。

「奈々子、これから会議？」

振り向けば、私に笑顔を向けているのは、広報マーケティング部所属で、私と同期入社の女性社員である。

ギクリとしつつも、「うん、そうだよ」と私は嘘をつき、後ろめたさから「じゃあね」と、そそくさと会議室内に逃げ込んだ。

閉めたドアに背を預け、ホッと息をつく。

「ほんの少し、肉を食べるだけだもの。その方が仕事に集中できるし……」

無人の会議室で、誰にともなくボソボソと言い訳をした後は、さてどこで食べようかと室内を見回した。

椅子を二脚備えた長机が、横に四列、縦に十二列、整然と並んでいる。最奥にはホワイトボードやスクリーン、演説台が置かれていて、私は窓の方へと歩きだした。

今日は天気が悪いので大会議室内は薄暗く、照度不足であるが、さぼりの分際で電気をつけるのは気が引ける。

それで、ぼんやりとした外光が入る、窓辺で食べようと思ったのだ。

雨に濡れる裏のビルの壁を眺めながら、ファイルの間からビーフジャーキーの袋を取り出す。

ひと口にビーフジャーキーといっても、メーカーによって味が微妙に違い、値段もピンキリである。

今、開封したものは、国産和牛の名前が書かれた高級品で、数日前にネットで見つけ、『もうすぐ給料日だからいいよね』と思いきって注文した特別な品であった。

ひと袋、四十グラムで、なんと二千五百九十二円もする。

艶々《つやつや》と輝くひと切れを取り出し、口に入れて噛みしめたら……私はカッと目を見開き、片手で口元を覆った。

なにこれ⁉

いつも買っている五百円ほどのコンビニのものと全然違う。

柔らかくて、脂の旨味がすぐに溶け出し、口の中に芳醇《ほうじゅん》な香りが広がる。

塩加減がちょうどよく、ご飯のおかず……いや、メイン料理にもなりそうな逸品である。

どうしよう……高いのに、美味しすぎて、追加でお取り寄せしたくなる。

頭の中には、〝生活費〟という文字を踏みつけるようにして、美男美女の和牛さんたちが群れで登場し、色気たっぷりに私を誘惑してきた。

『買う？　ＣＯＷ？　モウ十袋、買っちゃう？』

『はい。ぜひ買わせていただきます！』

モリモリと夢中でビーフジャーキーを食べながら、妄想の中で和牛さんたちと会話していたら、突然会議室のドアがノックされた。

誰か来た！とハッと我に返ると同時に、ドア横のプレートを使用中にし忘れ、鍵も閉めていなかったことに気づいた。

ビーフジャーキーを口いっぱいに頬張っている状況なので、ドアを開けられたら、仕事をさぼって肉チャージしていたのがバレてしまう。

慌てた私は、ファイルとビーフジャーキーの袋を抱え、近くの長机の裏に屈《かが》んで身を潜めた。

二度のノックの後に入ってきたのは、ひとりの男性社員である。

私の隠れた位置からは、彼の黒い革靴とスーツのズボンの裾が確認できた。

「誰もいないな……。よかった」と独り言が聞こえ、その声で私は、彼が誰であるかに気づいた。

久瀬さんだ。

一緒に仕事をしている先輩で、かつ優しい彼ならば、ほんの少しのさぼりくらいは大目に見てくれそうな気がする。

どうしよう、出ていこうか……？

でも、まだ口の中にはビーフジャーキーが残っているし、業務時間中の肉チャージを知られるのは、やはり恥ずかしい……。

迷いの中、緊張で鼓動を弾ませていたら、彼が私の隠れている長机の、斜め後ろの机に着席した気配がした。

ガサガサと音がして、どうやらビニール袋からお弁当とペットボトル飲料を取り出している様子。お弁当はおそらく、乗友さんから差し入れられたものと思われた。

ここでお昼を食べるつもりなんだ……と理解した私は、口の中のビーフジャーキーを急いで飲み込む。

やはり隠れているのはよくないと思ったのだが、その直後に、「いらないのにな……」という疲れたような彼の呟きを聞いてしまい、出ていく勇気を完全に失った。

こうなればもう、久瀬さんが食べ終えて出ていくまで、気づかれるわけにいかない。

盗み聞きの罪悪感七割と、普段の好青年の彼とは違った一面を見られるのではないかという好奇心三割で、机の端からそっと目だけを覗《のぞ》かせる。

「黒酢肉団子弁当か。黒酢……なら、大丈夫だろ」

そう言った彼は、お弁当のプラスチック容器の蓋《ふた》を開けている。

その言葉はどういう意味かと疑問に思い、私は首を傾げる。

仕出し屋のお弁当の中で、嫌いなものでもあるのだろうか……？

机上のペットボトルの緑茶に邪魔され、ちょうど彼の顔が隠れてしまっているが、割り箸を割っているのが見えた。

肉団子をつまみ、ひと口で頬張っている。

美味しそう……。

仕出し屋のお弁当は、私にしたらご飯の量が多く、肉の量が足りないので、今まで買ったことはない。

けれども、久瀬さんが食べた肉団子は大きくて、照りのある黒酢餡《あん》が絡まり、私の食欲が刺激された。

今度買ってみようと思い、ゴクリと喉を鳴らした私だったが、その後にはビクリと肩を揺らした。

「まずい！　ポン酢が入ってた……」

そう言った久瀬さんが、急に箸を落として立ち上がると、喉を押さえて苦しみだしたのだ。

喉に詰まらせたのかと思った私は、ファイルとビーフジャーキーの袋を床に投げ置いて、慌てて彼に駆け寄った。

苦しげに前屈みになりながらも、「相田さん⁉」と彼は目を見開いている。

隠れていてすみませんと謝っている場合ではない。

「久瀬さん、喉詰まりですか？　お茶飲んでください。背中叩《たた》きます？」と心配する私に彼は、「違う……」と呻《うめ》くように言った。

「体に合わないものが、入っていて……」

彼は私からフラフラと離れて、会議室の後ろの壁に片手をついた。

それを追いかける私は、さらに慌てて、ポケットからスマホを取り出す。

「アレルギーってことですね？　大変、救急車を呼ばないと」

アナフィラキシーショックが命に関わることは、テレビやネット情報で知っている。

さっき、ポン酢がどうのと言っていたから、久瀬さんはポン酢アレルギーなのだろう。

そう思って緊急通報しようとしたのだが、振り向いた彼にスマホを取り上げられてしまった。

額に脂汗を滲《にじ》ませ、呼吸を乱し、かなり苦しげな様子なのに、彼は私を落ち着かせようと話しかけてくる。

「アレルギーではないから、慌てなくていい。俺は大丈夫。とにかく、逃げて、くれ……」

「へ？　逃げるって、私がですか？」

意味がわからず、私はオロオロするばかり。

そんな私の右肩を掴んで押し、なるべく自分から遠ざけようとする久瀬さん。

しかし、「うっ」と一際苦しげに呻いたと思ったら、顔を俯《うつむ》かせて急に動かなくなった。

「く、久瀬さん……？」

呼吸はしているので、命に別状はない。

気絶したのかと思ったが、しっかりと自分の足で立っており、それも違うようだ。

それならば、なぜ固まったように動かなくなってしまったのか……。

恐る恐る横から彼の顔を覗き込めば、視線が合ってニヤリとされた。

ゆっくりと顔を上げた彼は、先ほど取り上げた私のスマホを自分のジャケットのポケットにしまうと、その手で前髪をかき上げた。

その仕草はやけに艶っぽく、私に流された視線は蠱惑《こわく》的である。

いつもは爽やかで誠実な彼の雰囲気がガラリと変わり、私は戸惑う。

思わず片足を下げたら……手首を掴まれて引き寄せられ、逞《たくま》しい腕の中に抱きしめられてしまった。

「えっ⁉」と驚きの声をあげる私の腰は、彼の左腕によってしっかりと拘束され、逃げることはできない。

右手で顎をすくわれると、わずか拳《こぶし》ふたつ分の距離には、色気を溢れさせる端正な顔があった。

思わず頬を熱くしたら、ペロリと下唇を舐めた彼が、信じられないことを口にする。

「お前、可愛いな。なぁ、俺に抱かれてみない？」

「はい……⁉」

「いい返事だ。なんだろう、この香り。すごく、うまそう」

問い返しただけで、決してオーケーしたわけではない。

それに、うまそうな香りとは、おそらくビーフジャーキー臭で、そんな女に欲情する男性がいるとは予想外だ。

いや、それよりもなによりも、この人は本当に久瀬さんなの？

姿形は同じでも、私の知っている彼とは、全くの別人に思えるんですけど……。

驚きすぎて、心の中の疑問は声にならない。

目を白黒させる私をニッと笑い、「いただきます」と甘く囁《ささや》いた彼は、私の唇を奪った。

その行為に心臓を大きく跳ねさせたら、ブラウスのボタンをひとつふたつと外され、私の混乱はさらに増す。

これは、夢……？

全女性社員憧れの久瀬さんが、私ごときにセクハラするなんて、あり得ないもの。

ついに現実を信じられなくなった私は、拒否することもできず、されるがままになっている。

キスは軽いものでは終わらず、柔らかな舌先が私の口内に侵入し、淫《みだ》らな水音が立つ。

ブラウスのボタンを三つ目まで外されたら、彼の右手が襟元から差し入れられた。

しかし、私の胸に触れる前に、急に「うっ」と呻いて、再び彼は苦しみだす。

こ、今度はどうしたの……⁉

動揺する私を離して後ずさり、壁に背をぶつけて止まった久瀬さんは、肩で荒い呼吸を繰り返している。

苦しげに顔をしかめ、なにかに抗おうとするかのように、片手で目元を覆って首を横に強く振っていた。

その様子に、驚きの波は少しも引くことのない私だが、加えてショックも受けている。

ビーフジャーキーの香りがするキスは、そんなにも苦しかったのかと……。

数秒すると久瀬さんの呼吸は落ち着きを見せ、最後は大きく息を吐き出して平常に戻る。

「おさまったか」と疲れたように言った彼が、目元から手を外したら……一歩の距離で私と視線が合い、なぜか目を見開き驚いていた。

呆然《ぼうぜん》と立ち尽くすばかりの私の服は乱れたままで、唇は濡れて、淫らなキスの余韻を残している。

すると久瀬さんが、血相を変えて謝ってきた。

「それ、俺がやったんだよな？　ごめん、本当に申し訳ない！　謝っても許されないことだと思うが、せめてものお詫びに――」

平謝りの彼の言葉を、私は「あの」と遮った。

驚きから完全に回復してはいないけれど、聞かずにはいられない。

「お詫びより、教えてください。さっきのこと、全く覚えていないんですか？　え、どうして……？」

それから十分ほど、私は立ったままで久瀬さんの話を聞いていた。

彼が抱えている事情の大体を理解したところで、食べかけのお弁当がのせられた長机に移動し、並んで座る。

「それは大変な思いをされてきたんですね……」と、私がしみじみとした感想を述べれば、黒酢肉団子弁当に蓋をしてビニール袋にしまった彼が、ため息をついた。

「そうなんだ。この体質のせいで、今までどれだけ、女性に迷惑をかけてきたことか」

彼の言う体質とは、ポン酢を口にすると先ほどのようなセクシー男に変身し、強引に女性に迫ってしまうというものだ。

それは十二歳の時から始まり、変身している時間は三分ほど。その間の記憶は曖昧で、夢から覚めたような気分でもとに戻るらしい。

セクシー男になった彼は、近くにいる女性を誰彼構わず口説《くど》いてしまい、我に返った時には見知らぬ女性とキスしていたり、ホテルに連れ込む寸前であったりと、今まで何度かトラブルを起こしてきたという。

十二歳の時からということは、十六年間もその変身体質に苦しめられているということになる。

「それって、治せないんですか？　病院は？」と心配すれば、残念そうに首を横に振られた。

「学生の頃、親に連れられて、あちこちの病院を受診したんだ。薬剤治療や行動療法に催眠療法、いろいろ試したが――」

名のある医師のもとで、様々な治療を施されたそうだが、少しも改善せず、しまいには詐病《さびょう》ではないかと疑われたらしい。

変身体質を免罪符に、性的な欲求を満たそうとしているのだろうと言われ、学生の頃の彼は深く傷ついた。

それ以降、病院での治療を諦めたと久瀬さんは話してくれた。

彼の重たいため息が、会議室に広がる。

「ポン酢を摂取しないように生きていくしかないんだ。それでも先ほどのように、思いがけず口にしてしまうことが稀《まれ》にあるが……」

正面に顔を向けて言った彼は、疲れたような目をしていた。

それから、「事情はこんなところだけど」と私に振り向き、「相田さん⁉」と目を見開いて驚いている。

「どうして泣いてるの？」

「悔しいんです……」

「え？」

久瀬さんの打ち明け話に激しく同情した私は、目に涙を浮かべていた。

それを流すまいと唇を噛みしめ、鼻の付け根に思いきり皺《しわ》を寄せて、震えながら耐えている。

おそらくは、自分史上、最も不細工な顔になっているのではあるまいか。

このひどい形相を見て気圧《けお》されている久瀬さんに、体ごと向き直った私は、両手で彼の右手をガシリと握りしめて、涙声で問いかける。

「今まで、飲み会の誘いを断っていたのは、ポン酢を避けるためなんですね？」

「あ、ああ。それと、なるべく社内の人と、親しい関係にならないようにしている。この体質のことを知られたくないんだ。それより、相田さん、この手は……」

ぎこちない作り笑いを浮かべる彼は、私の手をそっと外して、代わりにハンカチを差し出してくれる。

その手をハンカチごと強く握りしめて、彼を怯《ひる》ませた私は、椅子の上でお尻の位置をずらして、にじり寄った。

「人付き合いが嫌なんじゃなく、その体質を知られたくないだけなんですね？」

「そ、そうだよ。相田さんのしゃぶしゃぶパーティーも断ったことがあったよな。ごめん。参加してみたかったけど、リスクを考えると断るしかない」

「女性社員を振りまくっているのも、彼女がいるからではなく、体質のせいですか？」

「いや、それほど告白されてはいないよ。十人くらい……かな。俺は恋人を作るわけにいかない。ポン酢をうっかり口にして他の女性に手を出してしまったら、恋人を裏切ることになるからね。相田さん、それよりも……」

私が前のめりになって近づけば、彼は上体を反らして距離を開けようとする。

「もう少し離れてくれないか」という注意を聞かず、椅子からお尻が落ちそうなほどに接近した私は、わずか拳三つ分の距離で、声を大にして彼を憐《あわ》れんだ。

「みんなでワイワイと肉パーティーをするのは、すごく楽しいですよ。参加したくてもできないなんて、人生半分……いえ、四分の三は損してます」

「そんなに……？」

「肉パーティーできない久瀬さんが可哀想で、悔しいです。涙が止まりません」

「いや、そこまで憐れまれるほど、参加したいわけではないよ……」

久瀬さんの笑みが引きつっていることに気づいても、私は同情を止められない。

いつもお世話になっている先輩が困っていれば、全力で力になろうとするものでしょう。

なんとかしてあげたいと強く思った私は、彼の手を離して立ち上がると、両手を握りしめて力強く宣言する。

「その体質、私が治してみせます。任せてください」

有名医師でも治せなかった彼の変身体質を、私の力でどうにかしようと本気で考えていた。

一回の変身時間は三分ほどと言っていたが、早めに正気に戻るように働きかけて少しずつ変身時間を短くしていけば、最終的にはゼロになり、いつかは変身しなくなるのではないだろうか。

正気に戻す方法としては、例えば、仕事に関して重要な話をしたり、笑わせてみたり、性欲が減退するような言動をとってみるのもいい。

色気のない私なので、その作戦には自信がある。

その考えを熱く説明して、私は協力を申し出た。

「久瀬さんは確かひとり暮らしでしたよね？　ご自宅に通います。私と一緒に特訓して、ポン酢を克服しましょう」

言っておくが、これを機に憧れの彼に接近しようという、やましい思いは一切ない。

願うのはたったひとつ。

「その体質を治したら、みんなと一緒に久瀬さんも、しゃぶしゃぶパーティーを楽しみましょう」

純粋な、その気持ちだけである。

けれども、闘志を燃やす私を困り顔で見上げる彼は、落ち着いた声で私の提案を断った。

「やめた方がいい。それを実行すれば、相田さん、間違いなく俺に食われるよ」

食われるとは……肉体関係を結んでしまうということだろう。

過去に彼氏はひとりだけで、それも短期間で振られて終わった私は、恋愛慣れしていない。

久瀬さんとのベッドシーンを頭に描いてしまったら、顔から火が出そうに恥ずかしくなった。

その気持ちを無理やり押し込めて、彼から視線を外さず、真面目に説得を続ける。

「万が一そうなっても、責任を取れとは言いません。それに、たった三分では、そこまでの行為はできないと思います。キスは、さっきしてしまったので、一度も二度も変わりません。むしろウェルカムです。久瀬さんのこと大好きですから」

勢いあまって告白してしまい、ハッと我に返ったら、瞬時に耳まで熱く火照《ほて》った。

目を瞬かせている彼に、「俺のこと好きなの？」と問われて、慌てて言い訳する。

「あの、その、アレです。先輩として、という意味です。久瀬さんみたいにすごい男性と恋愛したいとか、そんな期待はペラッペラの生ハムほども抱いていないといいますか……」

焦れば焦るほど支離滅裂な弁解となり、期待の程度は生ハムだの、薄切りベーコンだの、安物餃子の中に入っている挽肉だのと言いつつ冷や汗を流していたら、久瀬さんが吹き出した。

肩を揺すり、お腹を抱えて笑う彼に、私はポカンとしてしまう。

こういう無邪気な笑い方をするんだ。

いつもの爽やかで落ち着いた微笑みは、作り物なのかな。

笑わせたわけではなく、笑われているだけかもしれないけど、素顔を見せてくれた気がして、なんだか嬉しい……。

「そこまでの肉好きとは知らなかった。相田さんは面白いな」

そう言って笑いを収めた彼は、立ち上がって長机を回り、斜め前へと歩いていく。

なにをするのかと思って見ていたら、私の落としたファイルとビーフジャーキーの袋を拾い上げており、今さらながらに私は慌てた。

仕事をさぼって、肉チャージしていたのがバレてしまう……。

振り向いた久瀬さんが、ニヤリとして、からかうように聞く。

「俺が入ってきた時に隠れていたのは、業務時間中に、これを食べていたから？」

「す、すみません……」

言い当てられてしまっては、謝るしかない。

バツの悪さに体を縮こまらせた私は、彼の顔色を窺いつつ、ボソボソと打ち明ける。

「実は……私も特異体質なんです。二時間おきに肉チャージしないと我慢できない、困った体質なんです」

それに対して再び大きな笑い声をあげた久瀬さんは、こっちに戻ってくると、長机を挟んで私と向かい合った。

拾ったファイルとビーフジャーキーを、私に返してくれても、まだ笑っている。

楽しそうな様子なので、どうやら、このさぼりに関してはお咎《とが》めなしでいいのだろう。

ホッとして、「肉チャージのこと、みんなには秘密にしてもらえませんか？　さすがに恥ずかしいので……」と図々しくもお願いしてみたら、彼は頷いてくれた。

「お互い、特異体質のことは秘密にするという契約でいい？」

「はい。私も絶対に誰にも言いません」

「契約成立だな」

そう言って差し出された彼の手と握手すれば、「次の土曜、空いてる？」と普通の調子で予定を問われた。

「日用品の買い出しに行くくらいで特に予定はないです。なにか急ぎの仕事、ありましたっけ？」

休日出勤を頼まれるのかと思ったのだが、首を傾げた私をクスリと笑い、「違うよ」と彼は否定する。

「治療してくれるんだろ？　ポン酢、買っておくから、十三時頃に俺の家においで」

「は、はい」

最初は私の治療計画に反対していたのに、急に乗り気になってくれたのは、どういうわけだろう。

大笑いしたことで、気持ちが明るく前向きになったのか、それとも特異体質を隠している同志として親近感を覚えてくれたためかもしれない。

久瀬さんとの距離が縮まった気がして嬉しくなり、「ビーフジャーキー、おひとついかがですか？」と笑顔で勧めたら、なぜか彼がスッと真顔になった。

視線は私を通り越して、後ろの壁に向けられているようだ。

「まずい……」と呟いた彼に、「まだ食べていないのに?」とツッコミを入れる。

「違う、チーム会議の時間だよ」

彼が見ていたのは、壁掛け時計だったようで、慌てて私も腕時計に視線を落とせば、十五時五分。

話し込んでいるうちにあっという間に数十分が経過して、十五時からの会議は、五分を過ぎてしまっていた。

今頃、部署に戻らない私たちを、上司や同僚が不審に思って待っていることだろう。

急いで机上のものをひとまとめにして左腕に抱えた彼は、右手で私の手を取る。

「急ぐぞ」

「は、はい」

彼に手を引っ張られ、ドアに向けて走る。

遅刻に慌てつつも、繋《つな》がれた手が照れくさくて、私は密かに胸を高鳴らせていた。

これでも私を食べられますか？

曇り空の下、冷たい冬の風に吹かれて、私はマフラーを鼻の下まで引き上げた。

今日は土曜で、会社は休み。

今は久瀬さんの自宅マンションに向かっているところで、その目的はもちろん、ポン酢による変身体質を治すことである。

地図アプリによれば、この辺りだと思うんだけど……。

私が歩いているのは、マンションや住宅が立ち並ぶ一角で、電車の駅から徒歩五分ほどの場所だ。

もう一度、地図を確認しようと思ったら、スマホが鳴った。

道の端に避《よ》けて立ち止まり、ベージュのスタンドカラーコートのポケットから、スマホを取り出す。

着信は、久瀬さんからのLINEメッセージであった。

【わからなかったら、駅まで迎えに行くよ】と、彼は気遣ってくれる。

それに対して、【たぶん大丈夫です。もうすぐ着きます】と返信し、地図を確認する。

スマホをポケットにしまい、止めていた足を前に進めながら、そういえば……と思い出していた。

彼の変身体質を知ったのは、三日前のことになる。

チーム会議に揃って遅刻した私たちは、『ふたりでどこ行ってたんだ？』と係長に問われた。

それは久瀬さんがうまく言い訳してくれて事なきを得たのだが、会議が終わり部署に戻ってから、フロアの隅で彼とヒソヒソ話していたら、乗友さんに睨《にら》まれてしまったのだ。

会話の目的は、彼が持っていた私のスマホを返してもらうことである。

ポン酢を口にした久瀬さんが急に苦しみだした時、救急車を呼ぼうとして、彼にスマホを取り上げられた。彼のポケットに入れられたまま、それをすっかり忘れていて、部署に戻ってから思い出したというわけだ。

そして、そのやり取りを乗友さんに見られてしまい、敵意むき出しの厳しい視線をぶつけられてしまった。

あの時ついでにＬＩＮＥ交換もしたから、私が彼の私的な連絡先を聞き出したように見えたのかもしれない。

私は久瀬さんの彼女の座を狙ったりしないのに、ライバル認定されてしまったのか。部署内では必要以上に彼に近づかないように気をつけようと思いつつ、道なりに進めば、久瀬さんの姿を前方に見つけた。

彼は十五階建てほどの高さのマンション前に立ち、私を待ってくれている。コートを着ずに、黒のニットカーディガンを羽織っただけの姿なので、寒そうに見えた。

慌てて駆け寄り、「寒いのにお待たせしてすみません」と謝れば、「大丈夫だよ」と爽やかな笑顔を向けてくれる。

「相田さん、今日はよろしく」

「はい。気合い入れていきましょう。その前に、これ、お土産《みやげ》です」

彼に渡したのは、コンビニのレジ袋に入れられた肉まんと唐揚げ、フランクフルト、それぞれふたり分である。

今は十三時を過ぎたところで、昼食は自宅で済ませてきたのだが、ハンドクリームを買いに駅前のコンビニに寄ったら、美味しそうな肉たちに誘惑されてしまった。

それを話せば、久瀬さんが明るい声で笑う。

「ありがとう。後で一緒に食べよう」と言って、彼は長い足をエントランスに向け、私はその後についていった。

　オートロックを解除して、自動扉から中に入れば、前方には狭く無機質な廊下が延びていて、右側にはエレベーターが一機と階段がある。

　壁や床に新しさはなく、築年数が三十年ほどは経っていそうだ。駅から近いので、家賃はそこそこ高いと思われるが、高級感のないごく普通の建物である。

「私が住んでいるマンションと、造りが似ています……」

　エレベーター待ちをしながら、何気なく口にした感想にハッとした。

　大企業の会長の孫である彼は、いわば御曹司。私ごとき末端ＯＬと住環境が似ていると言ってしまったのは、失礼な気がしたからだ。

「すみません……」と隣に立つ彼の顔色を窺えば、苦笑いしている。

「もしかして、俺のこと、金持ちだと思ってた？」

「ええと……少しだけ」

「祖父母や親は確かに裕福だけど、俺は違うよ」

　エレベーターの扉が開くと、中は無人であった。

　そこに乗り込み、最上階のボタンを押した久瀬さんは続きを話す。

　自分はまだ二十八歳の統括主任で、給料体系は皆と同じ。父親と母親も菱丸商事のグループ会社で重役の地位に就いているが、両親はひとり息子を甘やかすことなく厳しく育てた。

当然のことながら、生活費は自分の稼ぎのみで賄《まかな》っているそうだ。御曹司だからといって、高級なマンションや車を買い与えられているわけではないという。

それが当たり前だと思っていることも話してくれた彼は、最上階に到着してエレベーターから先に私を下ろすと、「がっかりした？」と聞いた。

その口調に冗談めいたものを感じたが、私は焦って否定する。

「そんなことないです。久瀬さんがセレブだったら、今後はお土産にコンビニの肉まんを買ってこられなくなっちゃいます。普通でよかった。私が通いやすいですから」

それは、私の本心である。

久瀬さんが庶民的な生活をしていると知り、親近感を覚える。

今まで彼に対して感じていた壁が一枚はがれた気がして、嬉しくも思っていた。

笑顔を向ければ、彼もつられたように口角を上げる。

「相田さんは、いい子だな」と褒めてくれて、「こっちだ」と私を先導し、スニーカーの靴音を廊下に響かせた。

久瀬さんの自宅は、このマンションの南西の角部屋である。

憧れの彼のプライベートに踏み込めると思ったら、私の胸は高鳴った。

「どうぞ」

鍵を開けた彼に中に通され、「お邪魔します」と玄関に入れば、掃除用洗剤の香りをほのかに感じる。

私が来るから、掃除してくれたのかな……。

女性として気遣ってもらえた気がして、なんだかくすぐったい。

スッキリと片付いた玄関の先は廊下で、正面にあるドアの向こうはリビングだと思われた。

廊下の右側にもうひと部屋と、洗面バスルーム、トイレのドアがある。

リビングに通されると、そこはオープンキッチン付きの十二畳ほどの空間で、南側に開口部の広い窓があり、晴れた日なら日差しをたくさん取り込めそうな、気持ちのいい部屋であった。

「素敵な部屋ですね」

「そう？」

フローリングにはダークブラウンのラグが敷かれ、そこにふたり掛けの黒い革張りのソファとガラスの天板の四角いローテーブルが配置されている。

テレビボードも黒で、ダイニングスペースはあるが、食卓テーブルではなく、L字型の机と書棚が置かれていた。机の上には通勤鞄とノートパソコン、書類や雑誌などが積まれている。

全体的に黒とブラウンで統一され、装飾品の少ないスッキリとしたリビングは、男性的な感じがした。

ふと、ひとり暮らしの男性の部屋にお邪魔するのは何年ぶりだろうと考え、大学三年の時以来だと気づく。

それはゼミの仲間での集まりだったので、男性とふたりきりではなかった。

短い付き合いだった元彼は実家暮らしであったため、自宅に遊びに行ったことはない。

考えてみると、ひとり暮らしの男性の部屋でふたりきりになるのは初体験で、それを意識したら、緊張して鼓動が三割り増しで速まった。

恋愛しに来たわけじゃないと自分に言い聞かせた私は、気を逸らそうとして話題を探す。

机に近づけば、無造作に置かれていた雑誌の表紙が目についた。

「あ、ゴルフ雑誌。久瀬さん、ゴルフが趣味なんですか?」と問いかけると、キッチンでグラスを出している彼が、普通の口調で答えてくれる。

「趣味とは言えないな。ゴルフも仕事のうち。付き合いでやってるだけだよ。楽しんで続けているのは水泳だけだな。駅前にスポーツクラブがあるだろ？　そこでたまに泳いでる」

「そうなんですか」

思わず彼の水着姿を想像してしまい、顔に熱が集中した。

久瀬さんは今、Tシャツに黒のカーディガンという姿だが、それを頭の中で脱がせると、滑《なめ》らかで張りのある逞しい大胸筋が現れた。

実際に、見てみたい……。

そんな欲望が湧き上がり、私もスポーツクラブに通おうかと考えたが、それは無理だと却下した。

二の腕とお腹がプニプニだ。

私の水着姿なんて、とてもじゃないがお披露目できない。

それに、彼の裸見たさに入会するのは、ストーカーみたいで自分を嫌いになりそう。

「相田さんは？」と私の趣味も聞いてくれた彼に、「肉以外はこれといってないです」と正直に答える。

「休日は家で録画したドラマを見たり、レシピサイトを検索して新しい肉料理にチャレンジしてみたり。友達と食事に行くことも多いですね……あ、これも肉関係の趣味でした」

「すごいな。全てが肉食に繋がってるのか」

呆れずに楽しそうに笑ってくれた彼は、銀色の金属製のトレーを手に、キッチンスペースから出てきた。

トレーの上には、緑茶の入ったグラスがふたつと、ポン酢の瓶、ティースプーンと小鉢がのせられている。

それを見た私は、若干の浮かれ気分を心の隅に追いやり、気を引き締め直した。

まずは、ここに来た目的を果たさねば。

ふたりで肉まんを食べながら、楽しくお喋りするのは、その後だ。

久瀬さんはローテーブルにそれらを置いて、私を呼ぶ。

「相田さん、ソファに座って」

その声には、緊張が滲んでいた。

治そうという私の提案を受け入れてくれた彼だけど、大丈夫かという心配は拭えないのだろう。

もし私と肉体関係を結んでしまったら……と危ぶんでいるのかもしれない。

ソファに座った私は、その心配を払ってあげようと大きく出る。

「大丈夫ですよ。私、色々と作戦を考えてきましたから。きっと三分も経たずに正気に戻れると思います。自信アリです」

「頼もしいな」

クスリと笑った彼は、ラグの上にあぐらを組む。それから、「早速、始めようと思うけど……コート脱がないの？」と不思議そうに聞いた。

指摘の通り、暖かなリビングに入ってマフラーは外したが、コートは着たままである。

脱ぐのを忘れていたわけではなく、これも色々と考えてきた作戦のうちのひとつであった。

「久瀬さんがポン酢を口にしてから脱ぎます」とニコリとして言えば、彼は目を瞬かせる。

「よくわからないが、任せるよ」

そう言った彼は、急に深刻そうな顔をして、お茶を運んできたトレーを私に手渡した。

「一度見ているからわかっていると思うけど、ポン酢を口にすれば、俺は自分を止められなくなる。身の危険を感じたら、このトレーで殴ってくれ」

「え、金属製のトレーで？　怪我しますよ」

「構わない。俺の怪我より自分の身を守ることを考えてくれ。殴ってからトイレに駆け込んで鍵を閉めれば、三分間、逃げきれると思う」

私には、憧れの先輩社員を殴ることなどできそうにない。それに、治そうとしているのだから、逃げるつもりもない。

けれどもそれを言えば、彼の不安は解消されないだろうから、トレーを受け取った私は真顔で頷いた。

リビングの空気は張り詰めて、妙な緊張が漂っている。

険しい顔をした久瀬さんがポン酢の瓶に手を伸ばし、蓋を外して小鉢に少量を注いだ。

ティースプーンでそれをすくい、口元に近づけた彼は、強い緊張のためにコクリと喉仏を上下させている。

目の前にあるのは、鍋料理のつけだれの定番、ポン酢である。

親しみ深く、温かな響きがあり、一家団欒《だんらん》と平和の象徴のような調味料が、今はまるで、正体不明の恐ろしい液体のようだ。

決死の覚悟で、それに立ち向かおうとしている彼と、必ずや救ってみせると心の中で静かに意気込む私。

もし、事情を知らない第三者がここにいたなら滑稽《こっけい》に思うかもしれないが、私たちは至って真剣である。

変身体質を治したいという願いを込めて、この闘いに挑んでいた。

「よし……」と覚悟を決めた彼が、ティースプーンを口に入れる。

ポン酢をダイレクトに味わった彼は、すぐにスプーンを落として苦しみだした。

喉を押さえて呼吸を乱していたのは五秒ほど。

三日前より苦しむ時間が短いのは、変身するまいと抗う気持ちが少ないせいかもしれないと分析し、私は腕時計を確認する。

今は、十三時十六分二十秒。ここが変身のスタート時間だ。

俯いていた顔を上げた久瀬さんが、視界に私を捉えた。

纏う雰囲気はガラリと変わっていて、獲物を見つけた狼のように瞳を妖《あや》しく輝かせ、ペロリと下唇を舐めている。

「いい女がいるな」

そう言った彼はニヤリとして立ち上がり、ソファの私の隣に腰を下ろす。

私の手には、金属製のトレーがある。変身前の彼に防具として渡されたそれは、狼化した彼に奪われて、ラグの上に放り投げられた。

私の中の緊張が増したが、焦ることはない。もとよりトレーで殴って逃げるつもりはないからだ。

それから肩に腕を回されそうになったが、それに対しては立ち上がって拒否を示す。捕まれば力の差で負けてしまうので、一定の距離は置かないと。

そう思い、半歩下がって挑戦的な視線をぶつけたら、彼はククと悪党のような笑い方をした。

「なぜ逃げる。抱かれるために、俺の家に来たんだろ？」

「全然、違います」

「フン。じらすタイプの女か。そんな面倒なことをしなくても愛してやるよ。まずは邪魔なコートを脱げ」

低く甘い声の命令と、攻撃的なまでに色香を溢れさせる瞳。

心臓を跳ねさせた私は、うっかり変身後の久瀬さんも素敵だと思ってしまう。

思わず流されてみたくなったが……その気持ちをすぐに立て直し、負けまいと彼を睨んだ。

「なんだ、その目は。脱がしてほしいのか？　だったら、こっちに来いよ」

ソファから伸ばされた手を避け、斜め後ろに飛びのいた私は、「言われなくても自分で脱ぐつもりでした」と答えて、手早くコートのボタンを外す。

そして、プロレスラーがリングでマントを投げ捨てるが如く、脱いだコートを後ろに放ったら、どうよとばかりに強気に出た。

「脱いだのは抱かれるためじゃない。あなたを萎《な》えさせるためよ！」

「なにっ……!?」

驚いて目を見開いた彼に、私はしめしめとほくそ笑む。

コートの下に着ているのは、白いタンクトップと青いスパッツだ。タンクトップの胸には、赤い蝶ネクタイがプリントされている。

さらに隠し持っていた、黒縁の伊達眼鏡《だてめがね》をかければ、私も変身完了。

「ぴょっこりはん、だよ」

そう、これは、子供からお年寄りまで、日本中を笑わせてくれた有名お笑い芸人のコスプレである。

今日のために大手ディスカウントストアで、三千円で購入した衣装なのだ。

久瀬さん、どうですか。

これなら、襲う気は失《う》せるでしょう。

衣装だけではなく、ぴょっこりはんのネタもビデオを見て練習し、完璧にマスターしてきた。今からそれを、披露しようと思う。

「ワンツースリー、GO!」

恥ずかしさがないわけではないが、彼を正気に戻したいという気持ちの方が強いため、私は真面目に全力でモノマネをする。

まずは床に置いていた自分のショルダーバッグを顔の前に持ち上げ、その横からぴょっこりと、間抜け顔を覗かせる。

次にテーブルの上にあったティッシュの箱を手にし、「はい、ぴょっこりはん」と上から顔を出した。

久瀬さんは目を見開いたまま、ソファから動かずに私を見ている。

いい調子だと、作戦の成功を予感した私は、続いて持参した新聞紙を顔の前に大きく広げた。

その中心を破って顔を出すのが、ぴょっこりはんのお馴染《なじ》みのネタなのだが……私がそれをやる前に、立ち上がった久瀬さんに新聞を真っ二つに裂かれてしまった。

「隠すなよ。体を見せろ」

甘い声で命じる彼は、まだ正気に戻っていない。

予想外の事態に慌てる私の手首を掴み、彼はソファに仰向けに引き倒した。

「キャッ！」と声をあげたが、お構いなしに私に覆い被さり、低く艶めいた声で驚くことを言う。

「その衣装、そそるな」

「へ？　どこが……？」

「タンクトップからブラの肩紐《かたひも》がはみ出てるぞ。花柄も透けている。スパッツは下着のラインが丸わかりだ。誘っているんだろ？　望み通りにしてやるよ」

な、なんで……。

下着が見えてしまったのは私のミスだと認めるけれど、それでも、ぴょっこりはんのモノマネをしている最中に欲情できるとは、久瀬さんの性欲、恐るべし。

いや、感心している場合ではなかった。

このまま襲われてしまえば、正気に戻った時の彼に言い訳が立たない。

でも、まだ大丈夫。他にも策は用意しているから。

強烈な色気を放つ麗しい顔が、すぐ目の前に迫っていた。

私の鼓動は勝手に高まり始めるが、負けてたまるかと彼の胸を全力で押し返し、次の手を繰り出した。

「久瀬さんに質問があります」

「なんだ？　女の好みか？」

「そんな感じです。見た目がおじさんで中身は可愛い女性と、見た目が可愛い女性で中身はおじさん。付き合うなら、どっちがいいですか？」

ふたつ目の作戦は、究極の選択だ。

頭を悩ませれば性欲は落ちるはずで、そうすれば本来の久瀬さんの自我が打ち勝ち、正気に戻るのではないかと真剣に考えていた。

さあ、存分に悩んでください。

勝機を信じて口の端を上げ、拳三つ分の距離にある端正な顔を見上げていた。

けれども彼に、「両方だ」とあっさり即答されてしまい、私は目を丸くする。

「え、両方？」

「ああ。どっちも可愛い女なんだろ？　迷う必要がどこにある」

マジですか……。

選ぶことのできない究極の選択を与えたつもりであったが、どうやら狼化した彼のフィルターを通したら、おじさんというワードは限りなく薄まり、可愛い女性というポイントしか残らないらしい。

だから、ぴょっこりはんの私でも襲われる。

なるほど……と感心している場合ではなかった。

私に馬乗りになったまま、彼が自分の上衣を手早く脱ぎ捨てていく。

スポーツクラブに入会せずとも拝むことができたその裸体は、想像以上に魅力的で、私の目は釘づけにされた。

広い肩幅に、筋肉質だけど、しなやかで鍛えすぎておらず、適度な弾力のある逞しい大胸筋と腹筋。

健康的な色艶の肌は頬ずりしたくなるほどに滑らかで、たとえるなら、茹《ゆ》でたてで皮がパリッとした高級粗挽きウインナーのようだ。

久瀬さんの体、美味しそう……。

思わずゴクリと唾《つば》を飲めば、伊達眼鏡を外され、床に放り投げられた。

一拍で距離を詰めた彼にやすやすと唇を奪われてしまい、途端に私は耳まで熱く火照る。

情熱的に舌を絡め、溢れる色気で私から意思を奪い取ろうとする彼。

女性として求められている気にさせられて、うっかり喜びかけたが……タンクトップをブラの上までまくり上げられたことでハッと我に返った。

ダメダメ、絶対にダメ。

性欲狼の彼は、私が憧れている久瀬さんではない。

しゃぶしゃぶパーティーの誘いを断るしかない哀れな久瀬さんを救えるのは、私しかいないのに！

顔を横に背《そむ》けてキスから逃れた私は、急いで三つ目の作戦を実行しようとする。

これを聞けば、一時的に抑えられている久瀬さん本来の意識が戻ってきてくれるはずだ。

「久瀬さん、聞いてください。一週間前のことなんですけど――」

早口で説明したのは、仕事に関することである。

望月《もちづき》フーズという大手食品会社の人気商品に、カップスープシリーズがあるのだが、その紙容器の保温性をもう少し高めたいという相談を、うちの部署が受けた。

担当は私で、先方に三度、足を運んで向こうの担当者と検討を重ねたのだが、コストを上げずに……という前提であれば、今以上の容器はないという結論に達した。

それで望月フーズのその件は終了だと思っていたのに……昨日、私は知ってしまった。

とある原紙加工業者が独占販売している、保温性の高い合成紙、ＰＬＵ―25の価格が、望月フーズの希望に見合う額まで下がっていることを。

望月フーズの担当者に連絡し、それを伝えるべきかと思ったのだが、今までの話し合いはなんだったのだと叱られる気がして躊躇《ちゅうちょ》してしまった。

このまま気づかなかったことにしようかな……という卑怯《ひきょう》な気持ちが芽生え、昨日から、私の中で正義と悪がせめぎ合っている状況である。

とりあえず一旦保留としたその件を今、久瀬さんに打ち明けたら、期待通りの反応を示してくれた。

私の耳を甘噛みし、背中に手を差し込んでブラのホックを外そうとしていた彼であったが、その手をピタリと止めて私から顔を離すと、「まずいだろ」と言ったのだ。

深刻そうに顔をしかめた彼が、至近距離から私に厳しい視線を向けている。

「価格を間違えて伝えたのは、こちらのミスだ。先方に誠心誠意謝罪して、すぐに新たな案を提示しなければならない」

その言葉は、仕事熱心で責任感の強い、いつもの久瀬さんらしいものであった。

もとに戻ったのではないかと期待したが、まだなにかが違うようである。

真面目なことを言いながらも、彼の手は私のブラのホックを外し、胸の上まで一気にずらした。

「キャッ！」と声をあげた私は、露わにされた裸の胸を慌てて両腕で隠す。

「く、久瀬さん、仕事の話をしましょう。すぐに謝罪と訂正をした方がいいんですよね？」

慌てて問いかければ、彼はまたピタリと動きを止め、迷っているような口調で呟く。

「そう、だよな。すぐに対処しないといけない。だが、うまそうなおっぱいが……」

これは……真面目な彼と、狼化した彼の意識が入り混じっている状況なのだろうか。

きっと彼の中で、本来の久瀬さんが意識を取り戻そうと必死に闘っているに違いない。

そう思い、心の中で誠実な彼を応援していた私であったが、残念ながら勝ったのは狼の方であった。

纏う雰囲気にセクシーさを取り戻した彼は、前髪を色気たっぷりにかき上げる。

「それは後回しにしよう。食欲を満たすのが先だ」

そう言って、焦る私の手首を掴んで力尽くで顔の横に押さえつけると、普通サイズの私の胸に顔を埋めた。

ど、どうしよう……これ以上の作戦を考えてきていないよ。

やっぱり、トレーで殴る？

横目でトレーを探したが、手を伸ばしても届きそうにない床の上にあり、上に乗られているこの状況で手にするのは不可能のようだ。

「待って、待ってください。それ以上は私……ああっ！」

万策尽きて焦る私の願いには耳を貸さず、彼は胸に舌を這《は》わせ、頂きを口に含んだ。

なんとかして逃げなければ……と思いつつも、淫らな刺激に私は甘い声をあげてしまう。

すると彼が突然、「うっ」と呻いて苦しみだした。呼吸を乱して額を押さえ、苦痛に顔をしかめている。

それが五秒ほど続いておさまると、彼がフッと全身の力を抜き、ずっしりとした重みを私が支えることになった。

もとに戻ったんだよね……？

拘束を解かれた手で腕時計を確認すれば、十三時十九分四十五秒。

変身スタートから、三分二十五秒が経過していた。

久瀬さんがもとに戻ったのは、ポン酢の効果が切れたためであり、私の努力によるものではない。私の計画は失敗に終わったということだ。

それを残念に思ったが、成果が全くなかったわけではないと前向きに考える。

変身している間でも仕事の相談をすれば、久瀬さん本来の意識が入り混じるとわかった。ということは、私が立てた治療計画の大筋は間違えていないはず。

これを繰り返し、誠実な久瀬さんに戻るように働きかけていけば、いつかは性欲狼となった彼の意識よりも、もともとの彼が優位に立てるのではないだろうか。

今回の成果と今後についてを、私が真面目に考えていたら、温かな吐息を裸の胸の上に感じた。

「戻ったか……」とゆっくりと体を起こした久瀬さんは、寝起きのようにぼんやりとした目をしている。

しかし、その目が私の胸を捉えたら……彼はハッとしたように慌てて私の上から下り、クルリと背を向けた。

「相田さん、ごめん！　やはり俺から逃げられなかったんだね。キスして胸に触れた記憶はおぼろげにあるんだけど、俺はどこまでやってしまった？」

気まずそうに問いかける彼の裸の背中を見ながら、私は身を起こしてモソモソと乱された服を整える。

「大丈夫ですよ」と努めて明るく返事をしたのは、彼のためだ。

「久瀬さんがなんとなく記憶に残っていることだけです。それ以上のことはありません。予想の範囲内なので、私はこれっぽっちも焦りませんでしたよ。ですから気にしないでくださいね」

本当はかなり慌てたけれど、胸に吸いつかれたなどと言えば、余計な罪悪感を抱かせてしまうので、曖昧な答え方にした。

私への被害を気にして、『もうやめよう』などと言われたら、私としても治せなかったことが心残りとなりそうだ。

「そうか……」といくらかホッとしたようにため息をついた彼は、私に背を向けたまま、自分の脱ぎ捨てた衣服を拾って着ている。

私も下着と服を整え終えたので、「こっち向いてもいいですよ」と声をかければ、「ああ」と振り向いた彼が、なぜかぎょっとした顔をした。

「それって、ぴょっこりはん?」

今、初めて見たかのような反応に、私は「あっ!」と声をあげ、慌てて両腕で体を隠す。

狼化した彼にはネタまで披露したけれど、久瀬さんはそれを少しも覚えていないようだ。

　この部分に関しては、せっかく彼の記憶に残らなかったのに、二度も恥ずかしい思いをしてしまった……。

「それが作戦と言ってたやつか」と全てを察した彼が吹き出して、私は顔を熱くする。

「あの、コート取ってもらえます？　家に帰り着くまで、今日はずっとコートを着ていようと思います」

　苦笑いするしかない私に、コートを渡してくれた彼は、エアコンのリモコンを手に取った。

「室温、少し下げようか。コートを着ていたら暑いだろうから」と気遣ってくれる。

　やっぱり、こっちの久瀬さんの方がいいな……。

　狼化した彼はセクシーで、それも魅力的だとは思うけれど、私には刺激が強すぎて困る。

　彼としても自分がなにをしたかがあやふやなのは恐怖だろうし、ポン酢変身体質を絶対に治してあげようと気合いを新たにしながら、私はコートを羽織った。

　それからは落ち着いた気持ちで、久瀬さんと並んでソファに腰掛けている。

テーブル上には、私がコンビニで買ってきた肉惣菜と、彼が出してくれた有名店のアップルパイが並べられていた。

お茶を飲みつつ話すのは、私が感じた先ほどの治療の成果である。

「変な格好をしても、答えに迷う質問をぶつけてもダメだったんですが、仕事に関する話をしたら、いい反応があったんです」

ぴょっこりはんと究極の選択については、サラリと流す。

なるべく期待を持ってもらおうと、仕事の話をして焦らせたら、普段の久瀬さんの意識が浮上して狼化した彼と混ざり合うようだと、その点を強調して説明した。

「今回は三分経っちゃいましたけど、次回は最初から仕事の話をしてみようと思います。久瀬さんが焦りそうな話を探しておきますから、また来週チャレンジしてみましょう」

「俺が焦るような、仕事の話……」

そう呟いた彼は、口に運ぼうとしていたグラスを宙に止めた。首をわずかに傾げ、なにかを考えているような顔をして、じっと緑茶の水面を見つめている。

「久瀬さん？」

彼の眉間に皺が寄っているので、もしや大した成果が得られなかったことに落胆し、治療は諦めると言われるかと危ぶんだが、どうやら違うようだ。

数秒、考え込んでいた彼は、やがてなにかに思い当たったような顔をして、私を見た。

「相田さん、望月フーズの件で、ＰＬＵ−25の現在価格を間違えて先方に伝えたと言ってなかった?」

「えっ、覚えているんですか?」

「ああ。夢の中で聞いたような感覚だが、まずいと焦った気持ちと共に覚えている」

厳しい視線を向けられて、私は冷や汗をかく。

そこは、記憶に残さなくてもよかったんですけど……。

放置していい問題でないことはわかっているが、どうせ先方も土日は休みなのだから、久瀬さんへの報告とお叱りを受けるのも月曜日にしたかった。

真顔の久瀬さんから目を逸らした私は、穏やかな雰囲気を取り戻そうとして、作り笑顔で肉まんに手を伸ばす。

「その件は出社してから考えますので、とりあえず、今は肉まんを……」

「いただきます」とかぶりつこうとしたのだが、久瀬さんに手首を掴まれ、止められてしまう。

そのまま手を引っ張られて、彼と共にソファから立ち上がった。

「相田さん、今から会社に行こう。ＰＬＵ−25を使用した場合のプランニングをしなければ。カップスープの紙容器だよな？　俺も手伝う」

「え……あの、私の仕事なのにすみません。でも、今日やらなくてもいいんじゃ――」

「ダメだ。月曜すぐ動けるように準備しよう。謝罪と訂正には、俺も一緒に行く。人間だからミスすることはあるが、どう対処するかで印象が変わってくる。相田さん、最善を尽くそう。これはうちの社の信用に関わる問題だと思ってくれ」

これが、いつもの久瀬さんだ。

頭ごなしに叱ったり、怒鳴ったりはしないけれど、優しく指導して、決して妥協を許さない厳しい人である。

「それと今後は、問題に気づいた時点ですぐに俺に報告するように」

「はい、申し訳ございません……」

すっかり仕事モードに入った彼に謝る私は、休日出勤は免れないことを悟った。

しかしながら、右手の温かな肉まんが、今すぐ食べないと冷めてしまうよと無言で語りかけてくるので、恐る恐る彼に意見する。

「それじゃあ、肉まんを食べてから出社するということに――」

「社に持っていこう」

「私、コートの下はぴょっこりはんなんですけど——」

「休日は暖房が切られている。寒いからコートを脱ぐ必要はないよ。早くして」

文句を言わずにすぐに動けと言いたげな厳しい視線を向けられ、私は首をすくめた。

久瀬さんは仕事熱心で真面目だ。

先ほど私に馬乗りになりながら、『うまそうなおっぱいが』と言った人と、同一人物とは思えない。

肉まんを食べるくらい、許してくれてもいいと思うのにな……。

反論は心の中だけで。

「はい」とため息交じりに答えた私は、彼に従い、急いで荷物をまとめるのであった。

憧れでとどめていたのに

今日は月曜日。

事業部の窓を見れば、外はすっかり暗くなり、周囲には定時で退社しようと帰り支度を始めている社員もいる。

私もコートを羽織り、紺色のショルダーバッグを肩にかけたところだが、まだ帰れない。

「相田さん、行くよ」と私に声をかけたのは、斜め向かいの席の久瀬さんだ。

彼も外出する姿で、ドアに向けて歩きだした。

私たちがどこへ行こうとしているのかというと、望月フーズである。

一昨日、私のミスで特殊合成紙の販売価格を誤って顧客に提示したことを、久瀬さんに報告した。

土曜は休日出勤して、久瀬さんの指導のもとでプランニングし直し、今日は午前中に望月フーズの担当者に電話連絡して、謝罪と訂正に伺いたい旨を伝えた。

すると今日中に会ってくれるというありがたい返事をいただけたのだが、指定されたのは十八時という遅い時間。

正直、帰りたいという気持ちは消せないけれど、全て私が悪いので、それを心の中にしまい込んだ。

先方にも、謝罪に同行してくれる久瀬さんにも、お礼を言わねばならない立場であるのは重々承知している。

ショルダーバッグの持ち手を握る手に力を込める。頑張ろうと気合いを入れた私は、久瀬さんの後を追う。

彼が先に事業部のドアから出ていき、二秒遅れて私も続こうとしたら、「ちょっと」と誰かに、斜め後ろから呼び止められた。

振り向けば、睨むような視線を向ける乗友さんがいる。

嫌な予感しかないが、「なんでしょう?」と問いかければ、フンと鼻を鳴らされた。

「聞いたわよ。初歩的なミスをしたそうね。相田さんは仕事ができる方だと思っていたのに、もしかして……わざと?」

棘《とげ》のある言葉をぶつけられたのは、私が久瀬さんとふたりで外出することが気に入らないためであろう。

先週、乗友さんはランチデートの見返りを期待して、黒酢肉団子弁当を彼に差し入れていた。

残念ながら彼女の狙いは実現しなかったようで、その二日後に久瀬さんが、『この前のお礼』と言って、有名店のサンドイッチを渡しているところを、私は見てしまった。

お洒落で美人、かつ同期であっても、彼女の誘いに久瀬さんは乗ってくれない。それなのに、どうして年中、肉の話ばかりしている女が彼の隣を歩けるのかと、文句を言いたい気持ちなのではないだろうか。

悔しそうな表情から、それが伝わってきた。

「わざと？　なにを言っているんですか。迷惑をかけて、先方にも久瀬さんにも申し訳なく思っています」

それだけ答えて、私はそそくさとドアから出る。

乗友さんのライバルになるつもりはないから、絡まないでほしいというのが正直な気持ちであった。

廊下を走って久瀬さんに追いつけば、遅れたことに対し、「忘れ物？」と問われる。

「違います。乗友さんに……い、いいえ、なんでもありません、行きましょう。久瀬さんに言われた資料の他に、必要かと思ってこれも持ってきたんですけど……」

ごまかしたのは、乗友さんをかばってのことではなく、久瀬さんを思ってのことだ。乗友さんのアプローチはあからさまなので、狙われていることは、きっと彼自身もわかっているだろう。もしかしたら、告白されたこともあるかもしれない。私が乗友さんに絡まれたなどと言えば、彼は責任を感じてしまいそうで、謝らせるわけにはいかないと私は話題を変えたのだ。


それから一時間ほどが経ち……私たちは、望月フーズの巨大な自社ビルから、寒空のもとへ出たところである。

久瀬さんに同行してもらえたことは、正解だった。

誠実な謝罪と今後のミス防止策の説明、そして向こうの求めるものにピッタリと合致した最高のプランニングと、爽やかな彼の笑顔。

隣に座って頭を下げ、頷いていただけの私は、ほとんど口を開いていない。

全ては久瀬さんのおかげで、今後も変わらず仕事を任せてもらえることになり、私はホッと胸を撫《な》で下ろすことができた。

ところが、まだしばらく帰れそうにない状況に陥ってしまった。

「いやー、悪いね。催促したみたいで」

笑いながらそう言って久瀬さんの肩をポンと叩いたのは、望月フーズで容器包装開発部の係長職に就いている長野《ながの》さんである。

四十二歳の長野さんは、中背で少々肉付きのよい体格をしており、趣味は美味しいものを食べ歩くことだと以前、聞いた覚えがある。

いつも饒舌《じょうぜつ》に話し、開発より営業職の方が向いていそうな気がする人だ。

彼が、私の任されていた案件の担当者で、先ほど、商談がまとまりかけた時にこう言ったのだ。

『もう、こんな時間か。腹減ったな。そういえば最近、忙しくて外食してないな』

独り言のような口調であったが、その後にチラッと久瀬さんを見たため、そうではないのだろう。

そして久瀬さんは、『ご迷惑をおかけしたお詫びに、ご馳走させてください。この後、どうでしょう？』と誘うしかなかったというわけだ。

呼び寄せた中型タクシーに乗り込んだのは、私たち三人と、もうひとり。

長野さんの補助的な役割で、商談の場にも同席していた二十九歳の杉山《すぎやま》さんという男性だ。小柄でヒョロリとした体形からは、食が細そうな印象を受ける。

彼も私と同様に早く帰りたいと言いたげな目をしていたけれど、上司である長野さんに『杉山も行くよな』と言われては、嫌だと言えないようであった。

私たち四人を乗せたタクシーは、十五分ほど走り、有名老舗ホテルのロータリーで停車した。

長野さんが、寿司が食べたいと言ったので、この中にある寿司店を久瀬さんが提案したのだ。

最近リニューアルオープンしたばかりのこのホテルは、新築のような真新しさがあり、ドアボーイが開けてくれたガラス扉からロビーに入れば、落ち着いて気品のある優美な空間が開けた。

静かな中に、「ここの寿司屋、うまいんだよな。久瀬さん、いいチョイスだよ」と笑いながら話す長野さんの大きな声が場違いに響き、少々恥ずかしい。

長野さんと久瀬さんが並んで奥へと歩き、私と杉山さんがその後ろをついていく。

私と杉山さんにこれといった会話もなく無言が続いていたのだが、突然、彼が顔を近づけて、「すみません」と小声で謝ってきた。

「長野さんは大食漢なんです。遠慮を知らない人でもあります」

「そ、そうなんですか……」

こっそりと教えてくれた彼は、その後に「大丈夫ですか？」と心配そうに問う。

それはおそらく、金銭的な心配だろう。

これは急遽《きゅうきょ》決まった接待で、上司の承認を得ていないから、経費で落とせるかどうかは、まだわからない。

その点は私も不安であるが、「ご心配ありがとうございます。大丈夫ですよ」と答えるより他になかった。

きっと久瀬さんがなんとかしてくれるはずだと自分に言い聞かせて、杉山さんに作り笑顔を向けていた。

ピアノ曲が静かに流れるロビーを抜け、幅の広い通路を進むと、壁にはめ込まれた木目の横看板に『百兵衛《ひゃくべえ》』の店名が見えた。

店の前には小さな日本庭園風の飾りが施され、敷石の奥に行灯《あんどん》に照らされた趣深い引き戸がある。

入口からして高級感が漂っていて、私の背には冷や汗が流れる。

私の場合、外食といえばもっぱら肉系の店なので、寿司店に来ること自体少ないのだが、入るとするなら回転寿司である。

このような、財布の中身を気にしなければならない店は、絶対に選ばない。

久瀬さんはなぜ、この店を提案したのか……正式な接待ではないのだから、もっと敷居の低い店でもいい気がする。

その理由を考えると、菱丸商事の会長の孫であるからという結論に行き着いた。

彼自身は今、自分の給料の範囲内で庶民的な生活を送っているとはいえ、血筋的には御曹司に違いない。親族で食事に行くとすれば、こういった店になりそうで、彼にとってはすぐに思いつく馴染みの店なのかもしれないと推測していた。

店内に入れば、カウンター席の他にテーブル席が六つと、宴会用と思われる格子戸の個室が二カ所設けられていた。客席は半分ほど埋まっている。

お好きな席へと、和装の女性店員に言われた長野さんが、「ひとりで来たなら、迷わずカウンター席に座るんだが」となぜか得意げに胸を張って話しだす。

「ガラスケースのネタを眺めたり、職人と話したり、握っている姿を間近で見られるからな。だが、今日は久瀬さんたちと話をしたいからテーブル席にしよう。どの席でも楽しめるのが真の食道楽。俺は食通ではなく、食道楽を極めたい」

久瀬さんは爽やかな笑顔で「わかります」と頷いているが、私は愛想笑いしかできない。

食道楽は、自慢げに用いる言葉ではないと思う。それに、接待の場で極めようとするのはやめてほしい。

コートと荷物を店員に預け、いかにも仕事帰りというようなビジネススーツ姿になった私たちは、真ん中辺りの四人掛けのテーブル席に着く。

私と久瀬さんが入口側に並んで座り、久瀬さんの前が長野さん、その隣が杉山さんだ。

生ビールで乾杯した後、久瀬さんが「お任せで握ってもらう形でいいですか？」と確認した。

スーツのジャケットを脱ぎ、腕まくりまでして食べる気満々の長野さんは、「ああ、その方がいいね」と同意する。

それから、笑顔で恐ろしいことを言いだした。

「お任せの後に、お好みで追加注文してもいいかな？　この店は久しぶりだから、食べたいものがたくさんある」

杉山さんがこっそり教えてくれた通り、なんの遠慮もない発言に、私は目を丸くしたが、久瀬さんは動揺することなく即答してしまう。

「はい。どうぞお好きなものをどんどん召し上がってください」

く、久瀬さん、そんなことを言って大丈夫ですか……と心の中で問いかけた私は、彼の端正な横顔をマジマジと見てしまった。

少しの焦りもないので、彼の頭ではきっと経費で落とせる算段がついているのだと思われるが、あまりにも高額だと、部長に叱られそうな気がして私の不安は消えない。

女性店員に注文を伝えた久瀬さんは、私の物問いたげな視線に気づいて、ニコリと微笑んでくれた。

心配いらないよ、というように。

それならいいんですけど……と視線で会話をしていたら、目の前には早くも一品目の椀ものが出された。

蒔絵《まきえ》のついた雅《みやび》なお椀の蓋を開けると、透き通っただし汁の中に真鱈《まだら》の白子が上品に盛られている。

「冬はやっぱり白子だよな」と長野さんは嬉しそうで、早速、口に運んでいる。

杉山さんと久瀬さんも、「美味しいですね」と頷いて食べていた。

私は……箸をつけるのに躊躇する。

これまでに白子を口にしたことがなく、特に真鱈のものは見た目からして苦手である。

脳みそのようにウネウネと皺の入ったグロテスクな物体を、食べ物と捉えることは難しい。

もちろん、脳みそでないのは知っている。

白子は魚の精巣で、人間で言うと、つまりその……こ、睾丸《こうがん》だ。

これを口に入れるとは……なんて、ハレンチな。

皆が舌鼓《したつづみ》を打つ中で、私はじっと吸い物のお椀を見つめて、初めて白子と出合った時のことを思い出していた。

あれは、十四歳の思春期まっ盛り。

正月に両親と二歳上の兄、遠方に住んでいた祖父母と叔父一家の、親族御一行様で温泉旅行をした時に、旅館の夕食に真鱈の白子の天ぷらが出されたのだ。

衣を纏っていれば、グロテスクな見た目は隠され、美味しそうに見える。

それまで特に苦手な食べ物がなかった私は、ためらいなく口に入れようとしたけれど……食べる前に兄に言われたのだ。

『奈々子、お前、それがなにかわかって食おうとしてんの？　男のアレだぜ？』

兄は勉強も運動もそこそこできる方であったが、十六歳のその頃は、頭の中の三分の二はいやらしい妄想でいっぱいだったのではないだろうか。ベッドの下や本棚の奥に、エッチな漫画本を大量に隠していたのを、私は知っていた。

天ぷらの正体を知り、箸から落として慌てる私の反応を面白がったのは、兄だけではなかった。

お酒が入って気の大きくなった父や叔父、祖父に従兄弟と、男連中も大笑いして、俺の精力がどうだの、それを食べたら子供ができるだのと話しだした。

十四歳の少女をからかい、恥ずかしがらせて楽しむしょうもない男たちのせいで、私は白子に対して負のイメージを持ち、すっかり食わず嫌いになってしまったというわけだ。

どうしよう。食べずに蓋を閉めてもいいだろうか……。

私が迷っていたら、それに気づいた久瀬さんが、「苦手だった？　無理しなくていいよ」と声をかけてくれる。

けれども、ホッとして蓋を閉めようとしたら、「食ってみなよ。最高にうまいから」と長野さんに言われてしまった。

「相田さんはまだ若いから、うまい白子を知らないだけだろ。安居酒屋で鮮度の悪いやつを食って嫌いになったんじゃないの？　これは違うよ。騙《だま》されたと思って食ってみな。な、杉山もそう思うだろ？」

「そう、ですね……」

私の向かいに座る杉山さんは、申し訳ないと言いたげな視線を私に向けつつも、上司の無理強いを止めてはくれない。

一方、久瀬さんは、なんとか助けようとしてくれる。

「私にも苦手な食材があるので、相田さんの気持ちがわかるんです。どう頑張っても無理なものもあるんですよ。代わりに私が食べますから、無駄にはなりません」

長野さんの機嫌が悪くなることを恐れてか、久瀬さんの笑顔は少々ぎこちない。

「それより、この前来た時に食べた、あん肝がとても美味しかったんです。注文しませんか？」と長野さんの興味を逸らそうとしてくれて、久瀬さんの優しさに私の胸は熱くなった。

同時に自分の不甲斐なさを感じて、テーブルの下で左手を握りしめる。

私の仕事上のミスをフォローさせた上に、食事の席でも迷惑をかけるわけにはいかない。今の私は大人なのだから、男性のアレごときで怯んでしまうのは、情けないとも思う。

久瀬さんに余計な気遣いをさせないためにも、私はこの白子を食べなければ！

「食べます」

そう宣言してお椀と箸を持ち直した私に、久瀬さんは目を瞬かせていた。

長野さんは「よく言った」と褒めてくれて、杉山さんは心配そうに私を見ている。

女は度胸だと自分に言い聞かせ、プニプニとした白い塊《かたまり》を箸で持ち上げた私は、目を瞑《つぶ》って口の中に入れた。

すると……。

なにこれ、美味しい！

火が通っていてもトロリとして、繊細な旨みが口の中に広がる。

上品な和風だしが、その味わいに奥深さを与えているようで、私は汁まで一気に飲み干し、ホッと息をついた。

この椀物の中に、鴨肉《かもにく》のつみれが入っていたら、もっとよかったのに。

肉と白子を一緒に食べれば、口の中でとろけた白子が上質なソースのように感じるのではないだろうか。

今度、自宅でやってみよう。

「精巣って、美味しいんですね。こんなの初めてです……」

空になったお椀を見つめてうっとりと呟けば、男性三人が同時に吹き出した。

「そこに引っかかっての食わず嫌いか。相田さんは可愛いな」と長野さんがお世辞を混ぜつつ笑ってくれたので、私の肩の力が抜けた。

そこからは支払いの心配も頭の隅に追いやって、食事に舌鼓を打つ。

握りは八貫出され、赤貝、白エビ、本マグロの三種盛りに、昆布締めのヒラメなど、どれも美味。

私がこれまで食べてきた寿司と、同じジャンルの料理だとは思えないほどの美味しさである。

その他に、塩水ウニやイクラの醤油漬けが小鉢で出され、ホタテの西京焼きは危うくほっぺたが落ちそうになった。

肉のない食事に満足したのは、これが初めてかもしれない。

お任せ握りのコース料理が全品出され、満腹になった私は食後の幸せ気分に浸っていたが、ビール三杯で赤ら顔をした長野さんが、ここからさらに張り切りだした。

「さて、お好みで頼むか」

そういえば最初にそんな話をしていたと思い出し、支払いへの不安が復活する。

店員を呼び寄せた長野さんが、メニュー表を広げてアレコレと注文している隙に、私は久瀬さんにヒソヒソと問いかけた。

「かなり高額ですけど、経費で落とせるでしょうか？　部長に叱られそうな気がするんですけど……」

すると、顔を近づけ、意図せずに私の鼓動を高まらせた久瀬さんが、「経費として申告する気はないよ」と囁いた。

驚きの声をあげそうになり、慌てて片手で口を押さえた私を、彼はクスリと笑う。

「心配いらない。この店は俺の家族が懇意にしていてツケがきくんだ。席が空いているか電話で確認した時に、支払いは祖父のツケと一緒にするよう頼んだ。それと、今日は普通の客として俺に対応してほしいともね」

「そうなんですか……」

ここは彼の馴染みの店かもしれないと、最初に予想したことは、どうやら当たっていたようだ。

前もって得意客の扱いをしないように頼んだのは、菱丸商事の会長の孫だと気づかれたら、長野さんたちが萎縮してしまうのではないかと、気を使ったためだろう。

久瀬さん自身が、血筋の権力を振りかざすのを嫌った、という理由もありそうだ。

けれども、接待代を会長のツケにするとは、なかなかしたたかでもある。

自身の交遊費ではなく仕事上のことだから、よしとしたのかもしれないが、後で会長に叱られないだろうか？

ツケがきくと言っていたことから考えると、会長はいつも数回分の会計をまとめ払いしていると思われる。その請求額は、私たちが今日使った金額を上乗せされても気づかないほどに、毎回高額なのかもしれない。

私の推測が当たっているかは、尋ねることができない。

久瀬さんはいたずらめかしたウインクをくれて、支払いの話はこれでおしまいだと、それとなく私に伝える。それから長野さんに声をかけた。

「中トロの血合いはお好きですか？　握りじゃなく、芽ネギと一緒に海苔で巻いて食べるのがお勧めです」

「お、なんか通な食べ方だな。それも頼もう。久瀬さん、他にはなにがうまい？」

「ノドグロと金目鯛の炙《あぶ》り、煮アワビは食べるべきです。車海老の握りも頼んで、頭は焼いてもらいましょうか。香ばしくて美味しいですよ。それと……」

炭酸の抜けてしまった一杯目のビールをひと口飲んだ私は、妙に凪《な》いだ気持ちで久瀬さんを見つめていた。

やっぱり、御曹司なんだ。

久瀬さんのプライベートを覗いて、少しだけ近づけたように感じていたけれど、また遠くに行っちゃったな……。

なんとなく寂しい気持ちになり、それはなぜかと思っていたら、追加注文を終えた久瀬さんが立ち上がった。

お手洗いに行ってくると中座した彼は、店の外へ。

確か、この店の斜め向かいに細い通路があり、その入口にお手洗いのマークと矢印が書かれていた気がする。店内には、ないということだ。

久瀬さんがいないことで、少々の心細さを感じていたら、握りが運ばれてきた。

「僕はもう食べられませんよ」と言う杉山さんに、長野さんがノドグロを勧めている。

「無理にでも食っとけ。こんなの滅多に食えないぞ」と、強引な人だ。

私もお腹いっぱい……と思っていたのだが、続いて運ばれてきた軍艦の握りを、長野さんに差し出された。

その軍艦は、真鱈の白子である。先ほど、初めて食べた白子に私が感動していたから、よかれと思って注文してくれたのだろう。

私の分だけではなく四人分あり、久瀬さんも、満腹だと言う杉山さんも、食べなければならないようである。

あと一貫くらいなら、入るかな……。

作り笑いを湛《たた》えた私が、「いただきます」と箸でつまもうとしたら、「おっと、待った」と長野さんに止められた。

再び店員を呼び寄せた彼は、スダチを頼んでいる。

「白子の軍艦は、スダチを搾《しぼ》らないとな。二倍うまくなるぞ」と私に教えてくれた。

すぐに半分にカットされたスダチが運ばれてきて、それを全員の軍艦に少量ずつ搾った長野さんは、スダチの皿を店員に返した。

「相田さん、食ってみな」

「はい。いただきます……」

吸い物に入っていた白子は加熱されていたが、軍艦にのっているものは生である。まだ完全には抵抗感が抜けておらず、恐々と口にした私であったが……ひと噛みすれば、先ほどと同じように、「美味しいです！」と喜んだ。

口に入れたらすぐに溶けてしまうクリーミーな白子は、スダチとの相性が抜群だ。

さすが食道楽の長野さん。搾ってもらってよかった……。

すっかり食わず嫌いを克服した私は、今度、兄に、白子を食べている写真をメールで送ってやろうと考えていた。

きっと驚いて、妹の成長を頼もしく感じるに違いない。

そんなことを考えつつ軍艦を食べ終えたら、久瀬さんが戻ってきた。

「私の分も頼んでくださったんですか。すみません」と、彼は長野さんに笑顔を向ける。

久瀬さんの前には、ノドグロとほっき貝、金目鯛の炙り、車エビに真鱈の白子の軍艦と、五貫も握りが並んでいる。

長野さんが笑いながら言う。

「久瀬さんは若いしガタイがいいから、まだまだ食えるだろ？」

「少しなら……」

「少しとは、二十貫くらいかい？　まずは軍艦から食った方がいい。海苔がパリッとしているうちにな」

〝少し〟が二十貫……？と私は目を瞬かせる。

冗談かと思ったが、大食漢の長野さんの物差しだと、本気でそのくらいを指すのかもしれない。

「あと五、六貫くらいなら」と、食べられそうな量を具体的に言い直した久瀬さんは、言われた通りに軍艦から食べようとしている。

テーブルには軍艦専用の醤油差しが置かれていて、それを手に取り、数滴を白子に垂らすと、彼はひと口で頬張った。

それを咀嚼《そしゃく》して飲み込んだ久瀬さんは、ビールグラスに手を伸ばす。

けれども彼の指先はグラスに触れずに途中でピタリと止まり、なぜか驚いたように目を見開いていた。

「久瀬さん、どうかしたのかい？」

長野さんに不思議そうに声をかけられて、ハッとしたように笑顔を取り戻した久瀬さんだけど、なぜか焦りを滲ませた声で問いかける。

「この醤油差しの中は、ポン酢じゃないですよね……？」

「ポン酢？　いや、普通の醤油だったよ。ああ、そうか。スダチを別皿で頼んで搾ったんだ。苦手だった？」

その会話で、やっと事態を飲み込めた私も、久瀬さんと一緒に焦りだす。

そうか……スダチと醤油を合わせたらポン酢になるんだ。

果汁を搾ったところを見ていたし、自分も食べたのに気づかないなんて、私のバカ！

しかし、反省している暇はないようだ。

片手でネクタイを握りしめた久瀬さんが、「うっ」と苦しげに呻いた。

変身が始まってしまったようである。

ここで狼化されてはまずいと慌てた私は、とっさに「お手洗いに行ってきます」と大きな声で言った。

長野さんと杉山さんの注意が私に逸れる。

立ち上がった私が、「お手洗いはどこでしたっけ?」とさらに大きな声で問いかければ、戸惑いを顔に浮かべた長野さんが口を開いた。

「ええと、ここを出て、通路を——」

その説明を「全然わかりません!」と遮った私は、苦しむ久瀬さんの腕を両手で引っ張って立たせると、早口で言う。

「わからないので案内してください。漏れそうです。早く行きましょう」

呆気《あっけ》にとられている長野さんたちにも、食事中に迷惑な……と言いたげな他の客にも構っていられない。

久瀬さんの手を引いて店外に出た私は、全力で走った。

斜め後ろに聞こえる彼の呼吸が苦しげなのは、走っているせいではなく、変身するまいと抗っているからだろう。

「もう少しの我慢です」と彼を励ましながら私は矢印の方へと曲がり、細い通路に入った。

多目的トイレがあったので、迷わずそこに駆け込み、ドアに鍵をかける。

なんとか間に合ったかな……?

そう思ってホッと気を抜こうとしたら、後ろから、私を囲うようにスーツの腕がドアに突き立てられた。

背中に久瀬さんの体温を感じ、耳に色気のある声を吹き込まれる。

「俺とふたりきりになりたかったのか？　エロいな、お前。なにされたいのか言ってみろよ」

どうやら久瀬さんは完全に狼化してしまった様子で、今度は、それに対して私は慌てた。

ど、どうしよう。今日はなにも作戦を立てていない。

もとの彼の意識を呼び戻せるような仕事の話も、すぐには思いつかない。

正気に戻るまでの三分間、どうやってしのぐ……？

焦りの中でひらめいたのは、しりとりだ。

古今東西、老若男女の時間潰しといえば、しりとりでしょう！

私の耳に温かな風が流れる。

久瀬さんが、息を吹きかけてきたのだ。

ゾクリとして「あっ」と甘く呻いてしまったが、流されてはいけないと気持ちを立て直し、「しりとりをしましょう」と提案した。

「負けた方は、勝った方のお願いをひとつ聞くんです。どうですか?」

条件を付けたのは、彼をやる気にさせるためである。

それに対し、「いいぞ」と即答してもらえたのだが、「俺が勝ったら、俺の好きなように抱かせろ。お前が勝ったら、お前が望むように抱いてやる」と性欲全開に言われてしまった。

恥ずかしさに顔を火照らせた私は、「そんなお願いはしません」と拒否してから、しりとりをスタートさせた。

「お寿司、から始めましょう。〝し〟から始まる言葉を考えてください。ゆっくりでいいですよ」

しりとりは単純なゲームだから、なかなか終わらないものである。

決着のつかない言葉遊びを三分間続ければ、自然と変身が解けるはずで、私を襲っている暇はないだろう。

とっさに考えたにしては、なかなかいいアイディアのような気がしていた。

しかし彼は、私の肩下までの黒髪を横に流して、うなじを露わにさせ、襲う気が満々の様子である。

しりとりをせずに襲ってくるのかと焦ったが、そうではなく、「白いうなじ」と、彼は答えた。

しりとりにまで色気を持ち込まれて動揺しつつ、私は「ジャーキー」と続ける。うなじを至近距離でじっくりと見られていることが恥ずかしく、鼓動が五割増しで高まっている。

彼のペースに持ち込まれて、私までおかしくなってしまわぬように、頭の中にビーフジャーキーを思い浮かべていた。

「〝き〟ですよ、久瀬さん」と次を催促すれば、「綺麗な髪」と囁かれ、私のストレートの黒髪に彼が指をくぐらせる。

最後に異性に髪を触られたのはいつだっただろうか。行きつけの美容室は、いつも同じ女性スタッフが担当してくれるので、もしかすると子供の時以来かもしれない。

そう思うと、妙に照れくさく、私の顔は耳まで火照った。

その気持ちに抵抗して、頭に肉料理の数々を思い浮かべた私は、〝み〟から始まる言葉を探す。

「み、み……ミートローフ」

「ふんわりと柔らかな、お前の頬」

「ええっ⁉　久瀬さん、その答え方はずるい……あっ！」

彼の唇が、私の頬に触れた。

肌の感触を楽しむかのように、唇を上下左右に滑らせるから、体の奥からゾクゾクとしたなにかが込み上げてくる。

それを気力で押し込め、〝お〟から始まる肉料理を探した私は、「温玉のせ肉うどん」と叫んだ。

あ……しまった。語尾に〝ん〟がついてしまった。

私の負けで、食べられちゃうの……?

私が襲われたら、正気に戻った時の久瀬さんの自尊心が傷つくことだろう。

「じゃなくて――」と答えを変えようとしたが、「次は〝ん〟か……」と、彼はなぜかしりとりを続けようとしていた。

「んー、なんて触り心地のいいおっぱいなんだ」

「えっ……?」

気づけば、私の着ている紺色のオフィススーツのジャケットと、中の白いブラウスのボタンが、全て外されていた。

いつのまに!?と驚く私の胸を彼の左手が包み込み、下着の上から揉《も》みしだく。

慌てて振り向いた私は、彼の胸を両手で押して距離を取ろうとした。

「ダ、ダメです、久瀬さん。正気に戻った時に久瀬さんが傷ついちゃいます」

説得も試みたけれど、彼から溢れ出すフェロモンのような強烈な色香に当てられて、息をのむ。

熱っぽく潤んだ瞳に、気怠げに吐き出される甘い吐息。

ペロリと下唇を舐めた彼は、「次は〝す〟か？」と問いかけてニヤリとした。

「好きだ、奈々子。お前が欲しい」

久瀬さん、その言葉は、正気の時に言ってほしいです……。

憧れの彼に初めて下の名前で呼ばれ、告白までされたけど、心に広がるのは喜びではなく虚しさだ。

抑えられない性欲が言わせただけの、気持ちのこもらない言葉だとわかっているからである。

それなのに、苦しいほどに胸が高鳴るのは、どうしてなのか。

ああ、流されてみたくなる……。

彼の胸を押していた両腕から力を抜けば、簡単に距離を詰められ、唇を奪われてしまった。

唇をこじ開けるようにして潜り込んできた舌先が、私の舌に絡みつく。

「んっ……」と漏れる、自分の甘い声が恥ずかしい。

激しいキスで私を骨抜きにしようとする彼は、ふらついた私の腰を左腕で支え、右手はお尻から下へと下りていった。

膝丈のタイトスカートをまくられる。ストッキングの上から太ももを、なまめかしく撫でられ、くすぐったさと快感を同時に味わっていた。

久瀬さんを止めなければと焦る気持ちと、憧れの彼に求められている喜びが、心の中で拮抗《きっこう》する。

そうしているうちに三分が経過したようで、苦しげに呻いた彼にもとの意識が戻ってきた。

ぼんやりと焦点の合わない瞳が、ハッとしたように私のはだけた胸元を捉え、後悔に顔をしかめている。

「俺は、またやってしまったのか……」

私に背を向け「ごめん」と謝る彼に、胸が痛んだ。

私も流されかけたことを謝りたい気持ちでいるが、それを口にすれば、二度目の治療に協力する機会を失う気がした。

それで乱された服を整えつつ、彼の心の負担を軽くしようと明るく声をかける。

「私のことなら気にしないでください。これくらいヘッチャラです。久瀬さんが苦しみだしてすぐにここへ駆け込んだので、長野さんたちには気づかれてもいませんよ。なにも問題ありません」

「ありがとう。相田さんがいてくれて助かった。だけど君を……ごめん」

「謝るのは私の方です。スダチを搾ったところを見ていたのに、変身を予測できなかったんですから。商品として売られているポン酢じゃなくても、ダメなんですね」

ポン酢とひと口に言っても、何十種類も市場に出回っているだろうし、手作りする人もいる。添加されている柑橘の種類は、スダチ、カボス、レモン、柚子、ダイダイなど様々だ。

今回のように、柑橘類と醤油を同時に摂取するという合わせ技でも変身してしまうならば、気をつけるのはかなり難しい。

醤油味の和風ステーキと一緒に、オレンジジュースを飲んでもダメなのだろうか？

服を整え終え、そのあたりはどうなっているのかと尋ねれば、振り向いた彼にシンプルな回答をもらった。

「成分ではなく、味なんだ。これはポン酢だと俺が思えば、変身する」

オレンジジュースを飲みながら、醤油味の料理を食べても、ポン酢だと感じないので変身しないそうだ。

「味ですか……」

ということは、ポン酢を口にしても気づかなければ、普通に食べることができるということになる。

けれども、それは不可能に近い。

同期の香織は、ニンニクが苦手だ。この前、ふたりで居酒屋に行った時に唐揚げを注文したのだが、下味にニンニクを使用していた。そのニンニクはごく少量で、私は味も香りも感じなかったのに、香織はひと口目で顔をしかめた。

嫌いな人は、その味に敏感になっているから、少量でもすぐにわかるものらしい。つまり久瀬さんも同じ理屈で、ポン酢に気づかずスルーすることはできないと思われる。

私が考えに沈んでいたら、久瀬さんが大理石風のトイレの床を見ながら、ボソリと呟いた。

「ポン酢の味で、あの時のことを思い出してしまうからな……」

それを独り言として終わらせずに、「あの時って、なんですか？」と尋ねたのだが、「なんでもない」とごまかされてしまった。

「これ以上、ふたりでトイレにこもっていたら長野さんたちに怪しまれる。俺が先に戻るから、少し遅れて相田さんも戻ってきて」

「はい……」

教えてくれないことに不満を覚える。

壁を作られた気がして寂しくも思ったが、無理に聞き出すことはできそうにない。

私は、彼の秘密をたまたま知ってしまっただけの、ただの後輩なのだから。

久瀬さんは鍵を開けてドアから出ていき、ひとり残された私は小さなため息をつく。

彼女になりたいという贅沢な夢は抱かないけれど、もう少し、心の距離を近づけたいな……と願っていた。


その後は、大食漢の長野さんが満腹になるまで付き合い、寿司店を出てからは、同じホテルの最上階にあるバーラウンジでお酒を飲みながら、仕事の話を軽くした。

『今後もよろしく！』と上機嫌に言ってくれた長野さんたちと別れたのは、二十二時半頃。

まだ公共機関は動いているため、私は電車で自宅マンションまで帰ってきた。

私の住む地域は治安がよく、駅からマンションまでは大通り沿いを歩くため、ひとりでも大丈夫だと言ったのに、久瀬さんが送ってくれた。

『夜道をひとりで歩かせたくない。送らせて』との彼の言葉に、ときめいたのは内緒である。

七階建てマンションのエントランスの前で足を止めた私は、久瀬さんに頭を下げた。

「今日はありがとうございました。望月フーズさんといい関係を続けられそうで、ホッとしています。全て久瀬さんのおかげですね。今後はご迷惑をかけないよう、気を引き締めて仕事します」

感謝と今後の抱負に続いて、『お疲れ様でした。おやすみなさい』と別れの挨拶をしようとした私であったが……寒そうにコートのポケットに手を入れている彼を見て、ふと考えた。

こういう場合、『私の部屋で暖まっていきませんか?』と誘うべきだろうか……。

終電時間までには、まだ一時間ほど余裕がある。

送ってもらって、ただで帰すのも悪い気がするし、誘ってみようか。

干しっぱなしの洗濯物と、シンクの中のまだ洗っていない食器が気になるところだけど。

お礼を述べた私に「気にしなくていい」と爽やかな笑顔を向けた彼は、「じゃあ、また明日、会社で」と言い残し、踵《きびす》を返そうとしている。

「久瀬さん！」

コートの袖を掴んで引き止めれば、振り向いた彼の瞳にポーチライトが眩《まばゆ》く映り込み、鼓動が跳ねた。

「なに？」と不思議そうに問われたら、私は急に恥ずかしくなる。

やっぱり家に上がってほしいというのは、やめようか。下心があると勘違いされるかもしれない。

でも、爽やかで誠実な久瀬さんなら、そんな邪推はしない気もするし……。

言葉に詰まっていたのは二秒ほどだが、忙《せわ》しなく考えを巡《めぐ》らせた結果、こんな誘い方をしてみた。

「美味しいコンビーフがあるんです。よかったら、食べていきませんか？」

これなら下心がありそうに聞こえないはずだと思っての言葉であり、嘘偽りなく、とっておきの黒毛和牛の高級コンビーフを秘蔵している。

料理に使うのはもったいないほどの美味しいコンビーフで、スライスしたバゲットにのせてそのまま食べるのがオススメだ。

けれども言ってしまってから、女性らしさの足りない誘い方だったと気づき、今度はそのことに恥ずかしくなる。また肉の話だと、呆れられそうな気もしていた。

やっぱり、『暖まっていきませんか?』と言うのが適切だったかと後悔していたら、久瀬さんがプッと吹き出して、私の頭を親しげにクシャクシャと撫でた。

「腹いっぱいで、なにも入らないよ」

「そ、そうですよね。長野さんに付き合って、久瀬さんもかなり食べていましたよね……」

ああ……穴があったら入りたい。

満腹だとわかっていたのに、なんで肉を勧めるのよ、私の馬鹿。

必死に笑顔をキープしているが、顔に熱が集中し、逃げ出したくなっていた。

「相田さんらしいな」と言って笑いを収めた彼は、「またね」と私に背を向けた。

今度は引き止めなかったのだが、駅に向けて歩きだした三歩めで足を止めた彼が、顔だけ振り向いた。

クスリと、大人の余裕を感じさせるような笑い方をする。

「こんな夜遅くに、男を部屋に上げてはダメだ。ポン酢がなくても、狼になるよ」

「えっ⁉」

目を丸くする私に、舌先をほんの少し覗かせた彼は、前を向くと足早に駅へと歩を進めた。

遠ざかるグレーのコートの背中を見つめる私は、鼓動が五割増しで高まっている。

久瀬さんが、冗談を言った……。

ベッと舌を出して……なにそれ、悶《もだ》えるくらい可愛いんですけど！

社内での彼はいつも真面目で、あんなふうに女性をからかうような言葉は絶対に口にしない。

素顔の久瀬さんには、お茶目なところもあるのだろうか？

それを私に見せてくれたということは……一歩、彼の心に近づけたのかな。

胸の中がザワザワと色めき立ち、コートの胸元を握りしめた。

どうしよう……。

分不相応な私が久瀬さんに恋をしたところで、成就しないのはわかっている。

だから今まで、ただの憧れの先輩にとどめていたのに、期待してみたくなる……。

空には冬の星座が瞬き、風は凍りそうに冷たい。

そんな中でも全身を火照らせた私は、外灯に照らされる彼の後ろ姿が見えなくなるまで、見送っていた。

期待せずにいられない

二月上旬、まだまだ鍋物が美味しい寒い毎日が続いている。

事業部の自席でノートパソコンに向かい、黙々と仕事をしていたら、「相田さん」と後ろから声をかけられた。

振り向けば、今日もスーツ姿が凛々しい久瀬さんが、微笑みを浮かべている。

「鶴亀酒造《つるかめしゅぞう》の件、あれでいいよ。さすが相田さん。緻密《ちみつ》に作られていて感心した」

それは、今日の朝一で久瀬さんに提出した、日本酒を入れる紙パックのプランニングに関する話だ。

望月フーズの件では、うっかりミスをしてしまったので、今回は顧客にプランを見せる前に久瀬さんに確認してもらった。

細部にまで注意を払って作ったものなので、自分でも自信があったが、褒められると嬉しいものである。

「ありがとうございます。納期は来週なんですけど、なるべく早くと言われているので、今日、先方に連絡してみますね」

「ああ。それと提出の際には、ＮＥパックの検証テスト結果も添付した方がいいだろう」

「はい、わかりました。今日中にまとめます」

「よろしく」と言った久瀬さんは、私の頭に手を置いてポンと優しく叩くと、通路を歩いて事業部のフロアから出ていった。

それを座ったままで見送った私は、頭に残る彼の手の感触に、にやけそうになる。ナチュラルなアクションに見えたから、久瀬さんとしては、特別意識しての行為ではないのだろう。

彼がそのようなことをする相手は、社内ではきっと私だけ。

くすぐったい気持ちでパソコン作業に戻ろうとしたが、画面右下の時刻を見て、昼休みに入ったことを知る。

周囲もザワザワし始めて、ひとりふたりと、コートと財布を手に席を立っていた。外食する社員が大半だが、私は今日もお弁当持参で、いつもの四人でミーティングテーブルを囲んだ。

今日のメインは肉シュウマイ。副菜として牛肉のしぐれ煮と、鶏胸肉とアスパラガスの塩胡椒《こしょう》炒め、それとデザート的に、甘口のミートボールを詰めてきている。

ご飯と野菜はごく少量で、肉々しいこのお弁当にツッコミを入れる人はいない。

これが私の、いつものお弁当であるからだ。

飲み物はマグカップに入った温かいお茶。今日は後輩の八重子ちゃんが、四人分を給湯室で淹れてきてくれたのだけど、変わった味と香りがする。

斜め向かいに座ってコンビニのおにぎりを食べている彼女に、「これ、なんのお茶?」と尋ねたら、元気に「わかりません」と言われてしまった。

「私の実家で余っていた茶葉を、ビニール袋にひとまとめにして、もらってきたんです。アップルティーとか、ほうじ茶とか、ごぼう茶とか、色々ですよ」

それに対し、私の向かいに座っている同期の香織が、「なんで交ぜてもらってくるのよ」と苦情を言う。

私の隣に座っている、一見おっとりした先輩社員の綾乃さんは、ウフフと笑っていた「八重子ちゃんらしいわね」とフォローした。

けれども、その直後にスッと真顔に戻して、「これ、ワカメじゃないかしら?」とマグカップの中を八重子ちゃんに見せている。

私も覗き込めば、確かにワカメらしきもののかけらが、お茶の中をユラユラと漂っていた。

「あ、ワカメですね。乾燥ワカメも交ぜちゃったみたいです。茶柱みたいな感じで、大当たりですね、綾乃さん」

「ワカメ柱なんて、嬉しくないわよ……」

綾乃さんと香織のふたりに呆れ顔をされても、八重子ちゃんはニコニコとマグカップに口をつけ、おにぎりを頬張るのみ。

それを見て、私は笑って言った。

「まぁまぁ。変わってるけど、なかなか美味しいお茶だよ。せっかく淹れてくれたんだから文句言わないで飲もうよ。飲めない人は、自分で淹れ直すこと」

奇跡的に味の調和がとれているのは、八重子ちゃんの天然の才かもしれない。

この場を丸く収めたつもりの私は、大きめの手作り肉シュウマイの続きに戻ったが、香織にジロリと睨まれてしまう。

「な、なに？」

ワカメ入りブレンドティーを擁護したのが気に障ったのかと思ったけれど、そうではない様子。

「八重子より、奈々子に問いただしたいことがある」と香織は、語気を強めて言った。

目を瞬かせて続きを待つ私は、ギクリとさせられる。

「さっき、久瀬さんに頭をポンとされていたよね。最近ふたりでヒソヒソ話をしているし、怪しい。急に親しくなったのはどうしてかな?」

見られてた……と冷や汗をかきつつも、私は「そんなんじゃないよ」とごまかそうとする。

「同課だから、香織たちより接点が多いだけで、特に親しいわけでもないから……」

そう言っても、香織はまだ疑いの目を向けていて、八重子ちゃんは、「久瀬さんと付き合ってるんですか?」とごく普通の口調で、あり得ない質問をぶつけてくる。

綾乃さんは菩薩《ぼさつ》のような微笑みを浮かべたまま、「私も気になってたのよ。白状した方がいいわよ」と詰め寄ってきた。

肉シュウマイを楽しんでいられなくなった私は箸を置いて、「違うんだって!」と必死の弁解を始める。

「あのね、望月フーズから依頼された件で――」

久瀬さんの変身体質については秘密にする契約を交わしているので、教えられない。

それで納得してもらうために、仕事上で私が犯したミスと、彼がどのようにフォローしてくれたのかを事細かに説明した。

羨ましがられると思ったから、親友の香織にも高級寿司店での接待と、その後に自宅まで送ってもらったことは話していなかったのだが、致し方なく打ち明ける。

「だからね、私の面倒をしっかりみなければという気持ちにさせてしまっただけなんだよ。ほら、八重子ちゃんと違って私は、今まで大きなミスはしてこなかったのに、今回やっちゃったから、まだまだ目を離せないと思ったんじゃないかな」

隠し事はしているけれど、嘘はついていないつもりである。

信じてくれるかどうか……。

緊張して三人の顔を順に見ていたら、「そっか」と綾乃さんが笑ってくれた。

「だよね。奈々子だもんね。牛や豚、鶏ならいざ知らず、久瀬さんをゲットできるわけないとは思ってた」

香織は失礼な言い方で納得してくれて、八重子ちゃんは「家畜が好きなんですね」と天然らしい言い方で興味を逸らしてくれた。

作り笑いを浮かべる私は、危なかった……と心の中で嘆息する。

私も不可能だと思っているけど、万が一、久瀬さんと交際することになったとしても、誰にも知られてはいけない。

仲のいいメンバーでさえ、この反応だもの。久瀬さんを本気で狙っている女性社員に目をつけられたら、嫌がらせされそうで怖い。

特に、乗友さんとか……。

そう考えていたら、ちょうど乗友さんの声を近くに聞いてしまった。

チラリと横を見れば、乗友さんは同期の女性社員ふたりと会話しながら歩いており、その距離は三メートルほど。コートを着てバッグを腕にかけているので、ランチに出掛けようとしているのだろう。

それはいいのだが、なぜ、こちらに向かってくるのか。

事業部のフロアは横長で、ドアは東西に二カ所ある。このミーティングテーブルを越したところにある西側のドアより、東側のドアを使用した方が近いはずだ。

この前、望月フーズに出かける際に、ドア口で乗友さんに呼び止められ、わざとミスしたんじゃないかと文句を言われたことを思い出していた。

今日は話しかけられませんように……と願いつつ、牛肉のしぐれ煮を静かに食べていると、どんどん近づいてきた彼女たちは、私の真後ろで足を止めた。

声をかけられることはなかったが、なぜここで立ち話をするのだろうと、居心地の悪さを覚える。

「今朝から気になっていたんだけど、明美のバッグ、あのブランドの限定品じゃない？」

明美とは、乗友さんの名前だ。

彼女の持ち物はどれも高級そうに見えるが、今日のバッグは特別に高いものらしい。

私の通勤用のショルダーバッグは、入社時からずっと同じもの。ブランド品ではなく、デザインも地味だけど、革が馴染んできて気に入っている。

私は手頃な値段であることと、使い心地重視で買い物をするから、高級ブランド品を愛する乗友さんたちとは話が合いそうにない。

「そうよ、素敵でしょ」と、乗友さんは得意げだ。

「冬のボーナスを全額注ぎ込んでも買えそうになかったから、父におねだりしたの」

「いいなー。明美のお父さん、お金持ちで。次々と新しいものを買ってもらえて羨ましいよ」

「そういうエリカも、そのコート、あのブランドの新作よね？　私も密かに狙ってたのよ。先を越されてしまったわ」

「気づいてくれてありがとう！　春物だから、まだ少し寒いけど、早く見せたくて着てきたんだ」

お互いの持ち物を褒め合って楽しむのは構わないけれど、歩きながらにしてくれないだろうか。

もしかして、私たちに向けて自慢しているのかと、深読みしそうになるよ……。

そう思っているのは私だけではないようで、香織も綾乃さんも、しかめ面で黙々と昼食を取っている。

八重子ちゃんだけはにこやかに、乗友さんたちに注目していた。

悪意に気づかず、イライラせずにマイペースを貫けるのは、八重子ちゃんの強みかもしれない。

そう感心した私であったが、突然立ち上がって、「私の腕時計も見てください」と乗友さんたちに話しかけるから驚いた。

それによって彼女たち三人が、ミーティングテーブルを囲うように集まってしまう。

「あら、結構いいものを使っているのね。意外だったわ」と、乗友さんは八重子ちゃんの腕時計を褒めた。

八重子ちゃんは、就職祝いに両親から贈られた大切な腕時計だと説明したら満足したようで、椅子に座り直した後は呑気《のんき》にブレンドティーを飲んでいる。

自分で乗友さんたちを呼び寄せておきながら、後のことに責任を持つ気はないようだ。

私はどうしよう……という視線を香織や綾乃さんと交わしている。

ふたりとも、乗友さんが苦手だ。美人を鼻にかけるところが嫌いだと、以前、香織がはっきり言っていた覚えがある。

困りながら黙り込む私たちであったが、乗友さんたちは、今度は香織と綾乃さんの持ち物に興味を移した。

「そのパンプス、素敵なデザインね。え、アウトレット品なの？　そうは見えないわ。買い物上手ね」

「そのスカート、あのブランドの？　さりげなく着こなしていて、素敵だわ」

身構えている香織たちを、口々に笑顔で褒める乗友さんたち。

それを見ている私は、目を瞬かせている。

あれ、嫌みは言わないのかな……？

てっきりけなされると思っていたので、拍子抜けすると共に、疑ったことを心の中で反省する。

すぐに警戒心を解いた私は、「ありがとうございます」とお礼を言い、「皆さんはいつもお洒落ですね」と褒め言葉を返した。

すると……顔を見合わせた彼女たちが、クスクスと笑いだす。

「ごめんなさい。相田さんのことは褒めてないのに、勘違いさせてしまったかしら」

とひとりが言えば、もうひとりが首を傾げて問いかける。

「紺一色のオフィススーツね……。就活時のリクルートスーツをまだ着てるの？」

最後には乗友さんが、ニヤリと口の端をつり上げて言い放つ。

「相田さんは、自慢できるものを持っていないのね。女子力が低いわ」

間に気まずそうな綾乃さんを挟んでいるけれど、腰に手を当て私だけを見下ろしてくる乗友さんに、私は「うっ」と怯んだ。

なるほど……香織たちを持ち上げていたのは、私を落とすためだったのか。

最近、久瀬さんとの接点が増えた私を目障りに思い、こうしておとしめることで、憂《う》さ晴らしをしているのかもしれない。

こんなふうに絡んでこられては困るところだが、私の場合、女子力が低いと言われて傷つくことはなかった。

紺色地味スーツを着ている理由は、午後からひとりで顧客訪問の予定があるからだけど、普段からお洒落をしようという気持ちは持ち合わせていないのだ。

みすぼらしいのは嫌だが、清潔感があって、社会人として失礼のない格好であれば、それでいい。

それに、服や持ち物で目立つより、私はこれを自慢したい。

気持ちを立て直して、「自慢できるもの、ありますよ」と強気に言い返した私は、ポケットからスマホを取り出すと、写真フォルダを開いて一枚の画像を見せた。

それは、肉タワー鍋の写真である。

先月、新年会と称して大学時代からの女友達五人を自宅に招待して、肉を楽しんだ。

土鍋の中に、キャベツやニラ、きのこ類などの野菜を入れ、スープは市販の鶏ガラスープの素に、ネギ油と焦がしニンニクを加え、味噌と醤油を少々。土鍋の中央にもやしをこんもりと盛って、そこに豚バラ薄切り肉を巻き上げ、タワーにする。

見た目にインパクトがあるから、友人たちは写真を撮りまくって喜んでくれた。

味はもちろん最高。

たっぷりの豚バラ肉から旨みが出て、残ったスープに卵とチーズを入れて雑炊を作り、それもまた美味しかった。

立ち上がった私は、肉タワー鍋の画像を印籠《いんろう》のように掲げて胸を張り、大いに自慢する。

「タワーの高さはなんと、三十センチです。豚バラ肉はスーパーの特売品ではなく、老舗肉屋の百グラム三百五十六円もする高いものを使いました。綺麗に巻き上げるのは結構大変なんですよ。どうですか、見事でしょう」

私としては、今年に入って最大の自慢話のつもりであったのだが……。

一瞬の沈黙の後に、乗友さんたちがプッと吹き出した。「自慢が肉鍋ですって！」と、馬鹿にされてしまう。

嘲《あざけ》るような彼女たちの大きな笑い声は、周囲の社員たちの注目を集めてしまい、あちこちから視線を感じた私は、急に恥ずかしくなる。

あれ……。ファッションセンスはなくても、肉のことなら自信があったのに、自慢するものを間違えた……？

掲げていたスマホを力なく下ろしたら、「それ見せて」と声がして、男性社員ふたりが近づいてきた。そのひとりは私と同課で、二年上の先輩、鈴木《すずき》さんだ。

肉タワー鍋の写真に「すごいな」「うまそう」と興奮してくれた彼らにつられ、これから外出しようとしている人や、訪問販売のお弁当を手に自席に戻ろうとしていた人たちが集まってきて、私の周囲は一気に賑やかさを増した。

私のスマホは社員たちに回されて、皆が驚きと美味しそうだという感想を口にする。

肉タワー鍋について盛り上がる中、鈴木さんが、私が定期的に開催している肉パーティーについて話しだした。

これまで私が振る舞った肉料理についても「最高にうまかった」と評価してくれて、

それを聞いた他課の若手男性社員が羨ましそうに言う。

「いいですね。俺も相田さんのホームパーティーに参加してみたいです」

「今度、誘ってもらえませんか？」とお願いされた私は、「喜んで」と即答する。

「来週の日曜はどうでしょう？　肉タワー鍋、もう一度作りますよ。今度はスープの味違いで、土鍋ふたつに分けて作ろうと思います」

私の肉パーティーに参加したいと言ってくれるなんて、嬉しいことだ。

張り切る私が、「他に参加したい方はいますか？」と問いかければ、次々と手が挙がった。

その人数は、十四人。

スペースの都合上、最大十五人までしか招待できないので、ちょうどいい人数と言えよう。

あとひとりなら入れるけれど……と周囲をぐるりと見回した私は、乗友さんと目が合ってしまう。

睨むような視線をぶつけられて、ハッとした私は、慌てて彼女にも声をかけた。

「乗友さんも、どうですか？」

彼女が参加したがっているとは思っていないが、プライドが高そうなので、誘われないことに腹を立てているのではないかと考えていた。

けれども、「行くわけないでしょ」とさらに不愉快そうに言われてしまったので、思い違いであったようだ。

そうすると彼女が不機嫌なのは、私を馬鹿にして楽しんでいたところを、邪魔されたから……といったところだろうか。

話題の中心が私であることも、機嫌を損ねた理由かもしれない。

乗友さんの同期ふたりも嫌そうな顔をして目配せし合っていて、彼女たちをどうフォローしたらいいのかと困っていたら、どこかに行っていた久瀬さんが戻ってきた。

ここから近い、西側のドアから入ってきた彼は、腕に見慣れたファイルを抱えている。それは営業部との連絡用のものなので、営業部に顔を出していたのだと知った。

ミーティングテーブルが人だかりになっていることに気づいた久瀬さんは、不思議そうな顔をしている。

しかし、興味を示してここまで来ることはなく、自分のデスクの方へと通路を曲がろうとしていた。

そんな彼に私は、「久瀬さん！」と大きな声で呼びかける。

足を止めて振り向いた彼との距離は、三メートルほど。

男性社員の間からひょっこりと顔を覗かせた私は、目を瞬かせている久瀬さんを、思いきって誘ってみた。

「来週の日曜日、お時間ありませんか？　私の家で肉パーティーをするんです。久瀬さんもぜひご一緒に」

変身する久瀬さんを初めて見た日、彼は社員との飲み会などの付き合いを、極力避けている理由を教えてくれた。

変身体質を知られたくないから、社内の人間と親しい関係にならないようにしているそうだ。

私のしゃぶしゃぶパーティーもかつて断ったことのある彼は、本当は参加してみたかったというような気持ちも打ち明けてくれた。

それを聞いて激しく同情した私は、いつかは久瀬さんを、みんなの輪の中に引き入れたいと思ったのだ。

そのチャンスが、今かもしれない。

彼の変身体質を知っている私は、ホームパーティーにポン酢を出さない。

万が一、不測の事態が起きても、彼の秘密がバレないように身を呈して守るつもりでもある。

この前の、望月フーズの接待の時のように。

だから私を信じて、肉パーティーに参加してくれないだろうか。

久瀬さんにも、仲間とワイワイ鍋をつつく楽しみを味わってほしい……。

その思いを目で訴える私に、彼は無言で視線を交えている。

騒がしかった周囲は急に静かになり、皆が久瀬さんの返答を待っているかのようだった。

事業部の社員は皆、久瀬さんの有能な仕事ぶりや誠実な人柄を好ましく思っているが、同時に壁を感じていることだろう。これまで何度誘っても断られた経験から、近づくことを拒まれている気がしているためだ。

皆のどこか残念そうな表情からは、きっと今回も断られるに違いないと予想していることが窺えるけれど、私は希望を捨てていない。

私を信じてください……。

そう心の中で訴えかけたら、久瀬さんがフッと表情を和らげて、「今回だけ、参加させてもらおうか」と嬉しい返事をしてくれた。

その直後に、皆がワッと歓声をあげるから、私は驚いて喜び損ねてしまう。

久瀬さんの参加表明に、奇跡が起きたと興奮する声が聞こえ、私への賛辞も飛び交った。

「相田さん、すごいな。一体、どんな魔法を使ったんだ?」

「久瀬さんと飲める日が来るなんて、異動願い出さなくてよかったよ。ありがとう。相田さんは事業部のヒーローだ」

私も嬉しいけれど……あまり大騒ぎしない方がいいのでは。

期待値の高さに久瀬さんが気後れして、やっぱりやめると言いださないか、心配していた。

肩を叩かれたり、頭を撫でられたり、大喜びする社員たちに揉みくちゃにされつつ久瀬さんの様子を窺えば、彼は自分の机にファイルを置いて着席しようとしている。

もうこちらには関心がないのかと思ったが、そうではないようで、チラリと流した視線が私と交わると、おかしそうに笑ってくれた。

どうやら、参加の意思は変わらないみたい。

よかった……とホッとしていたら、「相田さん!」と、慌てているような声で呼びかけられた。

振り向けば、乗友さんが焦り顔をしている。

「私も参加するわ。肉タワー鍋、美味しそうね。相田さんの上手な手料理、一度食べてみたかったのよ」

そう言われた私は、目を瞬かせた。

あれ……肉タワー鍋を馬鹿にして、『行くわけないでしょ』と言ってなかった？

後から集まってきた人たちは、変わらず興奮気味に盛り上がっているけれど、香織と綾乃さんは私と同じ気持ちのようで、ツッコミを入れたそうに乗友さんを見ていた。ど天然の八重子ちゃんでさえも、真逆のことを言いだした乗友さんに、首を傾げている。

「私たちもお願い！」と、乗友さんの同期ふたりまで頼んできて、私は困った。

彼女たちが久瀬さん目当てなのは、わかっている。

少々の呆れはあるものの、意地悪して仲間外れにする気はない。

どうぞと言ってあげたい気持ちは山々なのだが……残念ながら、久瀬さんを入れて十五人になった。これ以上はテーブルを囲めないので、断るしかないのだ。

気まずさを作り笑顔でごまかした私は、おずおずと乗友さんたちに言う。

「すみません。定員いっぱいなんです。うちのリビング、狭いので。その代わりと言ってはなんですが、来月の肉パーティーには、優先的に席を確保します」

するとと乗友さんの目がつり上がる。

「来月？　そんなのに参加しても意味がないわよ！」

ですよね……と心で呟いた私は、苦笑いして頷いた。

久瀬さんは、〝今回だけ〟と参加の意思表明をしてくれたのだ。

彼のいない肉パーティーに、乗友さんたちが来たがるはずはなかった。

思いきり私を睨みつけてから、彼女たちはドアに向かい、事業部から出ていく。

廊下に響くパンプスの音には強い苛立ちが感じられるので、今日のランチでの話題はきっと、私の悪口で決まりだろう。

敵対する気はないのに、なんでこうなっちゃうのかな……と、私は嘆息していた。


それから三日経ち、日曜日の今日は肉パーティー当日である。

私の自宅マンションは１ＬＤＫで、リビングダイニングは十畳ある。そこに安物の座卓を壁際まで繋げて並べ、私を含めた十六人がぎゅうぎゅうに座っていた。

座卓には卓上コンロが置かれ、大きなサイズの土鍋ふたつが、食欲を誘う香りを立ち上らせている。

タワー状に巻きつけた豚バラ肉は、今はもう鍋の中に崩されて、グツグツと美味しそうに煮込まれていた。

十六時から開始した肉パーティーは、一時間ほどが経過しており、皆が買ってきてくれたビールや酎ハイ、カクテルの空き缶が床の隅に積まれている。

私は立ちやすいようにキッチン近くの端っこに座り、久瀬さんは男性社員に囲まれた中央の席だ。

「久瀬さん、久瀬さん！」とあちこちから話しかけられて、食べる暇もないほどに忙しい彼だが、その顔は楽しそうに見える。

思いきって誘ってよかった……。

〝今回だけ〟という条件付きで参加してくれたので、断れば私を傷つけると気遣われた気もしていた。

本当は迷惑に思っているのでは……皆が集まる前の準備中に、ふとそんな心配が頭をよぎったが、今、同僚たちの間で笑顔を浮かべている久瀬さんを見ていたら、その懸念は吹き飛んだ。

彼は間違いなく、楽しんでくれている。

今回だけという条件はきっと、そう言わなければ、私主催の安全な食事会だけではなく、ポン酢に遭遇しそうな他の誘いもどっと押し寄せて、断るのに苦労すると思ったからだろう。

現時点では、〝今回だけ〟でもいい。変身体質が治った暁《あかつき》には、他の誘いも私の肉パーティーも、どんどん参加すればいいのだから。

そんなことを考えつつ、豚バラ肉を頬張り、缶の梅酒サワーをチビチビ飲んでいたら、奥の角に座っている香織に「奈々子」と呼びかけられた。

「こっちの鍋、空になるよ。雑炊の準備よろしく」

いつもなら積極的に手伝ってくれる香織だが、今日は人数が多くてキッチンまで出てこられそうにない様子である。

「はーい」と返事をした私は立ち上がり、ひとりでキッチンへ。

対面式ではないキッチンは、リビングダイニングの片隅に壁に向かって設置されている。

冷蔵庫を開けて、ご飯と万能ネギ、卵とチーズなどの材料を取り出した。

空になった鍋はキムチ味で、チーズとの相性は最高だ。まろやかにするために、豆乳を加えるのも忘れてはならない。

雑炊用に冷やしておいたご飯は、一度サッとざるで水洗いしてぬめりを取る。

そうすることで味が染み込みやすく、サラリとした食感になるのだ。

その作業をしようとしていたら、爽やかな水色のボタンダウンシャツを着た男性が、私の横に立った。

「手伝うよ」と言ってくれたのは、久瀬さん。

私ひとりでもすぐに終わりそうだけど、彼の親切心を嬉しく思い、お礼を言って手伝いをお願いする。

彼は包丁で万能ネギを刻み、私は冷やご飯を洗って、卵を割りほぐす。

単身者用の狭いキッチンなので、ふたりが並べば腕が触れ合い、なんだか照れくさい。

ポン酢で狼化した彼には、もっとすごいことをされたというのに、このくらいで私は、なにをドキドキしているのかと心の中で自分に指摘を入れていた。

勝手に熱くなる頬と、時々触れ合う腕を気にしていたら、リズミカルに包丁を操る彼が、「ありがとう」と穏やかな声で言った。

「え……？」

「誘ってくれてありがとう。社内ではしない話が聞けて、新鮮な気分だ。こういう集まりは、楽しいいんだな」

卵三個を割りほぐしたボウルから、彼の顔に視線を移し、私は鼓動を跳ねさせた。

一旦手を止めた彼は、熱っぽく潤んだ瞳に私を映している。

それはビールの影響に違いないが、まるで恋人に向けるような甘い視線に感じてしまい、ときめかずにはいられなかった。

久瀬さん、期待しそうになるので、そんな目で見ないでください……。

恋へと走りそうになる自分の気持ちに、慌ててブレーキをかけ、私は視線を手元に戻す。

菜箸で必要以上に卵をシャカシャカとかき混ぜながら、冗談めかして言った。

「お礼を言うのは私の方です。久瀬さんが参加表明してからというもの、私は英雄扱いですよ。お礼にって、可愛いタオルハンカチまでもらっちゃいました」

それをくれたのは同課の先輩社員、鈴木さんだ。

彼は、久瀬さんと飲めるのがよほど嬉しかったと見え、今日は到着するなり、『久瀬さんの隣は俺ね』と主張して、しっかりその席をキープしている。

私は笑い話のつもりでタオルハンカチの話をしたのだが、久瀬さんはなぜか声を低くして、「誰からもらったんだ?」と聞いてきた。

「鈴木さんですけど……?」

なにか引っかかる点があっただろうか。

不機嫌そうにも聞こえた問いかけを不思議に思い、隣を見れば、久瀬さんは斜め後ろに振り向いて鈴木さんを見ていた。

すぐに私に視線を戻した彼は、真面目な顔で言う。

「俺も相田さんにお礼をしたい」

「えっ⁉　そんなに気を使わないでください。みんなを招いてワイワイやるのが、私の楽しみでもあるので——」

「俺が、渡したいんだ。タオルハンカチより、もっと君の心に響くものを」

挑戦的な言い方をした彼に、私は目を瞬かせ、その直後に顔を火照らせた。

それって、嫉妬《しっと》……じゃないですよね。

うん、それだけはあり得ない。

彼は社内一のイケメンで、エリート御曹司。なにが悲しくて、私のような女にやきもちを焼かなければならないのだ。

うっかり自分の都合のいい方へ、久瀬さんの気持ちを読もうとしてしまい、焦る私は心の中で、全力で否定していた。

そんな私の気持ちを知らない久瀬さんは、「なにが欲しい？」と素敵な微笑みまでつけて問いかけてくる。

「お、美味しい肉……」

心の中を忙しくしていたため、うっかり女子力の低い返事をしてしまい、ハッとした私は後悔した。

もっと女の子らしい希望を言えばよかった……。

けれども彼は呆れずに、「相田さんらしいな」と頷いて、私の耳に口を寄せる。

「次の土曜の夜、空けておいて。美味しいステーキハウスに、ふたりで食べに行こう」

甘く誘うように囁かれたら、私の鼓動は最大限にまで高まり、押し込んでも期待が勝手に湧いてきてしまう。

久瀬さん、それはデートのお誘いと捉えてもいいのでしょうか……？

顔が熱すぎて、のぼせそうになった私は、卵液の入ったボウルをひっくり返しそうになる。

「わっ！」と慌てる私に、「雑炊まだー？」と香織の呑気な催促の声がかかり、久瀬さんは隣でクスリと笑っていた。

恋人宣言。嘘は私のため

久瀬さんを含めた同僚たちと鍋を囲んだ日から、ひと月ほどが過ぎた。

寒さが緩み、春の気配を感じ始めた三月中旬の今日、私の目の前に桜が咲いているが、これはイミテーション。開花宣言には、まだ半月ほど早いだろう。

シックなオフィススーツに身を包んだ私は、脱いだコートと紺色のショルダーバッグを小脇に抱え、都内のコンベンションセンターを訪れている。

三階のイベント会場はバスケットボールのコート四面分ほどの広さで、そこに食品加工メーカー、十数社が合同で新商品の展示会を催していた。

小売、卸売業者やマスコミが招待され、今の時点での来場客数は四百人ほどであろうか。

私は招待客ではなく、一般客として足を運んでいる。

望月フーズをはじめとした、うちの社の顧客も参加しているため、応援と、できれば新しい仕事の依頼を頂戴したいとの思いから、顧客たちのブースを回ってご挨拶しているのだ。

ひとりではなく、久瀬さんも一緒に。

「久瀬さん、次はどのブースに行きますか？」

「そうだな、オリハラ食品にしようか。二年前に仕事をくれた中山《なかやま》さん、確か広報に異動になったと言っていたから、会場に来ているかもしれない」

人波を縫うようにして、会場の奥へと足早に歩く彼に、私は足手まといにならないよう、小走りでついていく。

顧客たちにご挨拶を……という今日の仕事は、最初は久瀬さんひとりの予定だったのだが、三日前に『私も同行します』と願い出た。

新作ドレッシングや調味料を紹介しているブースもあるだろうと予想して、万が一、ポン酢ハプニングに見舞われた場合に、私が彼を守らなければと思ったからだ。

すっかりナイト気分の私に、『気をつけるから大丈夫』と笑った久瀬さんであったが、『せっかくの機会だから一緒に行こうか』と同行を許可してくれた。

『顧客の潜在的ニーズを引っ張り出す方法を実地で教えてあげる。相田さんの勉強になるはずだ』と、私の成長のためにである。

真面目な久瀬さんは仕事のことしか考えていない様子だが、正直言うと私は、彼とふたりきりでの外出を楽しいものにしようと密かに気合いを入れている。

この前の失敗を返上したいという思いがあるからだ。

この前というのは、肉パーティーの日に久瀬さんと約束した、ステーキハウスでのデートのことである。

彼が連れていってくれたのは、かねてより私が行ってみたいと憧れていた店で、特Aランクの和牛しか扱っていない高級店であった。

カウンター席に座ると、目の前の鉄板でステーキを焼いてくれるのもポイントが高い。

ジュージューと美味しそうに焼ける音と、香ばしく肉々しい香り。

私の五感の全てがステーキ肉に釘づけにされ、うっかり久瀬さんの存在を忘れそうになっていた。

『相田さん……俺の話、聞いてる？』

『はい、聞いてます。肉の焼ける音を』

ステーキに夢中になりすぎて、店内にいる間はほとんど、久瀬さんと会話がなかった。

それを後悔したのは、満腹になってから。

最近は急激に久瀬さんに惹《ひ》かれているのを自覚しているというのに、私はなにをやっているのだと、自分に呆れたのであった。

彼は、『相田さんが楽しんでくれたなら、俺も満足だよ』と笑って許してくれたが、私はあの日の失敗をまだ引きずっている。

それで今日こそは、このイベントで、久瀬さんとたくさん会話しようと意気込んでいるのだ。

デートではなく、仕事なのだけど……。

オリハラ食品のブースで、久瀬さんが以前、プランニングの依頼を受けた中山さんを見つけて挨拶し、その後も次々とブースを回って新商品をＰＲしている人に声をかけていく。

ほとんどが知らない人なので、飛び込み営業をしている気分で緊張する。

その中で、ただ挨拶して回っているだけの私とは違い、久瀬さんは仕事の依頼に繋がる会話を巧みに繰り広げていた。

一時間ほどかけて九社の社員と話し、『後日、詳しい話を聞かせてください』と言われて面会の約束を取り付けたのは、そのうち五社もあった。

会場内の最奥の通路を、久瀬さんと並んで歩いている。

私は、とある食品メーカーの新商品である、中華のレトルト惣菜の試食をモグモグと口にしながら、彼を褒めた。

「あっという間に五社もアポを取り付けて、驚きです。特に新規の顧客からも話を聞きたいと言ってもらえたことは、大きな成果だと思います。久瀬さんは営業にも向いていそうですよね。素晴らしい」

「実はこの前、営業部の部長に、こっちに異動しないかと誘われたんだ。でも断った。接待が多いと聞くから、俺には向かない部署だよ」

業務内容ではなく、ポン酢ハプニングに見舞われそうだという意味で、久瀬さんは営業職に向かないと言って苦笑している。

納得して頷きながら、本心を明かしてもらえることに嬉しくなった。

そんな話を聞かせてもらえる社員はきっと、私だけだろう。

密かな優越感に、にやけそうになっていた私であったが、「相田さん、どう？　仕事をもらえるコツがわかった？」と爽やかに尋ねられて、ギクリとした。

「コツというより、自分がいかに勉強不足であるかがわかりました……」

久瀬さんは手に、社用のタブレットを持っている。

巧みな話術で、食品容器の耐久性、保温性、価格など、相手から改善のニーズを引き出したら、タブレットを使ってすぐさま簡単なプランニングをしてみせるのだ。

このくらいの価格で今より優れたものを作れると見せられたら、相手は食いつかずにはいられない。『担当部署に連絡しておきますから、後日、詳しい説明をしに来てもらえませんか？』という展開になるのだ。

それを真似しろと言われても、今の私では不可能である。

顧客からニーズを引き出せたとしても、『確かあのファイルに、そのあたりに関する資料があったはず……あの業者の取扱商品の中に、それに合致する紙素材があったはず……』と、要望を持ち帰ってあれこれ調べてからでないとプランニングできない。

久瀬さんがタブレットひとつで、この場ですぐに対応できるのは、頭の中に全てが入力されているからだろう。

しかもその大量の知識は、すぐに引き出して組み合わせることができるように、常に整理整頓、メンテナンスが完璧になされているのだ。

久瀬さんは優秀な頭脳を持つ努力家だ。

私もこれまで、そこそこ仕事ができると思っていたのに、久瀬さんと比較すれば知識不足を自覚しないわけにいかない。

試食品を食べ終えて、その紙容器を握り潰した私は「もっと勉強します」と力強く宣言し、それに対して久瀬さんは、クスリと笑って「頑張れ」と励ましてくれた。

その時、「ご試食、いかがですか?」と声をかけられた。

足を止めた私たちに笑顔を向けているのは、ユキヒラ食品というメーカーの若い女性社員である。

ユキヒラ食品といえば、冷凍コロッケで有名で、今回のイベントで紹介されている商品も、それであるようだ。

冷凍コロッケの容器包装はプラスチック製品が主流であり、紙製品を取り扱う我が社が仕事を得るのは難しそうである。

パッと見た限り、ブース内に展示されているのは冷凍食品ばかりのようだが、他にはどんな商品を製造しているのだろう。うちの顧客になる可能性はあるだろうか……。

そう思いつつ、笑顔を作った私は、「いただきます」と差し出された試食品を受け取った。

女性の隣には、ユキヒラ食品のキャラクター、ユキ丸《まる》くんという犬の着ぐるみがいて、尻尾をフリフリ、私たちに愛想を振りまいている。

思わず笑ってしまいつつ、久瀬さんとふたり、ひと口サイズの温かいコロッケを頬張った。

「三種のチーズとコーンの入ったこのコロッケは、春の新商品なんです」

ユキヒラ食品の女性社員が、美味しいという感想を期待しているような視線を向けてくる中で、私と久瀬さんはハッとして顔を見合わせた。

サクサクとした衣に、ホクホクしたじゃがいも。コーンの甘みとチーズの塩気のバランスが取れており、冷凍食品でこのクオリティとは恐れ入る。

けれども私が目を見開いているのは、冷凍コロッケはこんなにも美味しく進化しているのかと感動したわけでも、なぜ挽肉が入っていないのかと不満を覚えたわけでもない。

「この微かな酸味は……？」と恐る恐る尋ねたら、ユキヒラ食品の女性が、ニッコリ笑って答えた。

「ポン酢を少々かけました。このコロッケのオススメの食べ方です。チーズとポン酢は、意外と相性がいいんですよ」

それを聞いた私と久瀬さんは、焦りを隠せず顔に表してしまった。

すると首を傾げた彼女の後ろのブース内から、別の若い女性社員が慌てて駆け寄ってくる。

「お客様、もしかしてポン酢が苦手でいらっしゃいましたか？」

そう言って私たちを心配してから、「アカリ、ポン酢をかけてあることを先に説明してって言ったでしょ！」と、試食品を渡した女性を叱っていた。

まったくもって、その通り。こちらとしては、コロッケにポン酢がかかっていると は思わないのだから、口にする前に言ってくれないと避けられない。

ここまで一時間ほど会場内を回っていた間、新商品のポン酢をかけた冷しゃぶを勧めてくるブースもあった。

私が久瀬さんの分まで食べることで、変身を回避してきたというのに、まさか冷凍コロッケのブースに伏兵《ふくへい》がいたなんて……。

アカリと呼ばれた女性社員に、ひと言文句を言いたいところだが、そんな余裕はないようだ。

久瀬さんは額に脂汗を滲ませ、「うっ」と小さく呻いている。

変身が始まったのを察した私は、慌てて周囲を見回し、逃げ場所を探した。

トイレに駆け込みたいところだが、あいにくここは会場の最奥で、出入口までは遠く、たどり着く前に彼は狼化してしまうことだろう。

どうしよう……と焦る私の目に止まったのは、五メートルほど先にある非常口のドアだ。

勝手に開けていいものかわからないが、迷っている暇はなく、「すみません、失礼します」とユキヒラ食品のブースから離れ、久瀬さんの手を引っ張るようにして駆け出した。

非常口のドアを開けて中に飛び込み、急いでドアを閉める。

そこは味気ない蛍光灯に照らされた階段の踊り場のような場所で、他に人の姿はなく、話し声も聞こえない。

そのことにホッと息を吐き出したら、スーツの両腕が私の体に回され、久瀬さんに背中から抱きしめられた。

へ、変身完了ですか……。

「奈々子」と耳に吹き込むように甘く囁き、「お前を抱きたい」と欲情を隠すことなく打ち明ける彼。

自分の荷物と共に、私の肩からショルダーバッグのストラップを滑らせて床に落とし、ジャケットを脱がせようとしてくる。

彼の変身を見るのは、これが六度目だ。

最初は、ふた月ほど前の会議室で、次は久瀬さんの自宅を初めて訪れ、私なりの治療を施した時。

望月フーズの社員を接待中に狼化してしまったのが三度目で、あとのふたつは、二回目、三回目の治療だ。それらも、彼の自宅でのことである。

今の私は、突然の変身に慌てこそすれ、驚いたり動揺したりすることはないが、抱きしめられるとどうしたって鼓動は速まる。

久瀬さんと濃密に関わるようになってから、ただの憧れだった気持ちが境界線を超えて、恋へと踏み出しそうになっているのだから……。

彼の左手は、逃がさないと言うかのように私の体に回されて、右手はジャケットのボタンを外し、ブラウスの裾をスカートから引っ張り出している。

ブラウスをまくるように下から手を入れ、「滑らかな肌だ」と熱っぽく囁いて、私の腹部を直《じか》に撫でていた。

好きな人に触れられたら、喜びたくなってしまうが、その気持ちを押し込め、彼の右手を掴んで動きを止めた。

毎回、変身の後には、襲ってしまったことをすまなそうに詫びる彼。

久瀬さんの本来の意識は、こんなことを望んでいないと知っているので、流されるわけにはいかない。

ポン酢に悩まされている久瀬さんを、私が救うんだ……その使命感を忘れるまいと気を引き締めた私は、耳を甘噛みしてくる彼に、戦略的に話しかけた。

「久瀬さん、今日のイベントで、前向きな反応を得られた五社についてですが、そのうちの新規を、私に担当させてもらえないでしょうか？」

仕事の話をすれば、狼化した彼の中に、本来の誠実な彼の意識が浮上する。

二回目、三回目の治療でも、その点は確認できた。

これまで仕事を依頼されたことのある会社なら、すでに信頼関係が成立しているため、私のような経験の浅い末端社員がプランのひとつを担当しても許されるだろう。

けれども新規の顧客に対しては不適格。今後も継続して仕事をもらうためには、久瀬さんのような実力者が対応すべきである。

最初が肝心。そこで失敗してしまったら、それ以降は、信頼関係を築くチャンスさえ与えられないだろうから。

それを重々承知の上で、あえて頼んでいるのだ。

その目的は、久瀬さんを悩ませて、本来の彼の意識を呼び覚ますためである。

彼の左手は今、私のお尻を撫で、右手はブラウスのボタンをふたつ目まで外していた。

その手をピタリと止め、私の狙い通りに、「相田さんに、新規はまだ……」と迷っているような言葉を口にする。

〝奈々子〟ではなく、〝相田さん〟と言ったのは、真面目な方の彼だろう。

しめしめとほくそ笑んだ私は、さらに粘ってみる。

「私にやらせてください。全力で頑張りますので、お願いします」

「いや、相田さんを信じていないわけじゃないけど、それは俺がやる……やる？　やりたい……奈々子とやりたい」

「ええっ⁉　久瀬さん、その〝やる〟じゃないですよ」

せっかく引き出した真面目な久瀬さんの意識が、また潜ってしまい、狼の彼が優勢に立つ。

全開にされたブラウスの合わせ目から、彼の手が侵入して、下着の上から私の胸をもてあそんだ。

慌ててその手を押さえて、「聞いてください。八重子ちゃんが、この前――」と次の話題を持ち出す。

それは一昨日のことで、A社へメールで送る資料をB社へ誤送信したという、八重子ちゃんの単純で重大なミスだ。

その日、久瀬さんは、原紙加工会社の工場がある千葉《ちば》に日帰り出張であったため、その出来事を知らないはず。

後輩の失敗を告げ口するようで心苦しいが、私は最近これといったミスを犯していないので、彼を焦らせるには八重子ちゃんの話をするしかない。

ど天然の八重子ちゃんは、うっかりが多く、同課の私は冷や冷やさせられているけれど、今ばかりは話題提供をありがとうという心境だ。

私の期待通り、「それで、どう対処したんだ?」という焦ったような声が、耳元に聞こえる。

幸いにも誤送信したのは機密資料ではなく、A社にはすんなりと許してもらえた。

謝罪と対応は課長がしてくれて事なきを得たと説明したら、久瀬さんはホッとしたように息を吐いた。

その後にはまた、狼の方の意識が強くなる。

「問題が解決しているならよかった……いや、まだ解決していないな。服が邪魔で触りにくい。脱げよ、早く抱かせろ」

「まま、待ってください。八重子ちゃんのミスは、まだ他にもあって――」

頭の中にストックしておいた八重子ちゃんの失敗談を、ここぞとばかりに暴露していく。

するとと久瀬さんの意識は、狼の彼と真面目な彼の間を短い間隔で行き来して、やが

「うっ」と呻いて私から体を離した。

ドアに背を預けて苦しげに呼吸を乱し、数秒すると大きく息を吐いて、ぼんやりとした目で私を見る。

「戻った……」との疲れた声を聞いた私は、すぐさま腕時計に視線を落とした。

久瀬さんが変身を完了した時と、もとに戻った時に、時刻を確認するのは忘れてはならない作業だ。

変身時間を少しずつ短くし、最終的にはゼロにするのが目標であるから。

今回の変身時間は……二分三十五秒。

「久瀬さん、すごいです！　三分切ってますよ。二十五秒も」

初めて計った時は三分二十秒台で、ここ最近は三分を十秒以内で前後した変身時間が多かった。だから今回は、かなり短いと言えるのではないだろうか。

「成果が出てきましたね。やっぱり久瀬さんには、仕事の話をするのが効果的なようです」

嬉しくなった私が「ヤッタ！」と両手を高く上げれば、彼も口元を綻《ほころ》ばせたが、その視線が私の胸元に落とされると、ハッとしたように横を向いた。

「相田さん、見えてるよ。いつも、ごめんな……」

指摘されて思い出したが、ブラウスのボタンは全開で、恥ずかしい格好のままだ。

久瀬さんの頬は赤く染まっていて、それを見てさらに恥ずかしくなった私は、照れ笑いしながら彼をフォローしようとする。

「あの、私のことなら大丈夫ですよ。久瀬さんに下着を見られることに慣れてきたといいますか……えっ、いつの間に⁉」

ブラが見えているだけかと思ったが、背側のホックを外されてずり上がり、普通サイズの膨らみをさらけ出してしまっていた。

慌てて久瀬さんに背を向け、下着と服を直していたら、「ありがとう」という温かな声を聞いた。

私の肩に、トンと、彼の額がのせられる。

「俺のために、ここまでしてくれる君に感謝してる。正直、そう簡単に治るはずないと思っていたが、希望が見えてきた。もうしばらく、俺に付き合ってくれる？　また、襲ってしまうだろうけど……」

エリート御曹司の久瀬さんは、いつでも事業部の私たちを教え導く、頼もしい存在だ。加えて人当たりがよく、爽やかで親切。

けれども、壁を作って中には入れてくれず、孤独が好きそうな印象を同僚たちに与えていたように思う。

そんな彼が、私を頼ってくれるのが嬉しくて、今日一番の胸の高鳴りを感じていた。

「もちろんです」と張り切って応え、横を見たら……少し硬めの彼の髪が、私の頬と恋心をくすぐった。


久瀬さんとコンベンションセンターを訪れた翌週の月曜日。

昨日は香織とふたりで日付が変わるまでワインバーにいたため、少々疲れを残しての出勤である。

香織はボトルでワインを頼んでいたけれど、私はワインベースのカクテルを二杯でとどめておいた。

それは二日酔いを心配してのことではなく、飲むより食べたいからであり、ローストビーフ三皿とサラミを二皿、ベーコンをたっぷりのせたピザを二枚注文した。

香織とふたりだと、お互いに自分が欲しいものだけ注文し、会計もそれぞれ別にしているので、気兼ねなく食べられる。

昨日は楽しかったな……。

『最近、さらに久瀬さんと仲良くなってない？　なにかあった？　嫉妬したりしないから言ってごらんよ』と聞かれても、笑ってごまかすしかできないのは、心苦しかったが。

ふわっとあくびをして事業部に入り、まっすぐに自分のデスクへ向かう。

始業十五分前。

私の両隣の社員はまだ出勤していないが、斜め向かいの席の久瀬さんはノートパソコンを起動させているところで、「おはよう」と爽やかな笑顔を向けてくれた。

「おはようございます……」

ポッと頬が熱くなったのは、彼に恋をしているからに違いない。

好きだとはっきり自覚すれば困ったことに、恋人になりたいという欲張りな願望も、おのずと湧いてしまうものである。

一昨日の土曜日は、彼の自宅に行き、四回目の治療をした。

いつものように狼化した彼に押し倒されてキスをされ、変身が解けたのは二分十八秒後。

少しずつ確実に変身時間が短くなっていて、ふたりでその成果を喜んだのであった。

このまま久瀬さんと濃密な時間を過ごしているうちに、恋人関係に発展しないかな……。

期待半分と、そんなにうまくいくわけないという後ろ向きな気持ち半分……いや、後者が三分の二ほどか。

容姿は普通で女子力は低く、年中、肉に夢中という変わった特徴を持つ私は、男性にモテたことがない。

エリート御曹司でイケメンの久瀬さんと不釣り合いなのは、自分が一番よくわかっている。

それでも奇跡的に、彼も私を好きになってくれたら……と、淡い期待を抱いていた。

彼の微笑みひとつで、朝から乙女な気分にさせられた私は、着席してノートパソコンを開き、始業準備に入る。

朝礼が済めば、静かなデスクワークが二時間ほど続いて、時刻は十一時になろうとしていた。

凝り固まった首を回して一旦集中を切ると、頭の中に浮かんでくるのは、和牛さんたちの顔である。

昼休みまで待てない私は、肉チャージしようと、コソコソ動きだした。

両隣の席の男性社員に見られていないことを横目で確認し、そっと引き出しの中段を開ける。

そこからビーフジャーキーをひと袋、取り出そうとしたのだが……「えっ⁉」と驚きの声をあげてしまった。

五袋ストックしておいたはずのビーフジャーキーとお徳用サラミが忽然《こつぜん》と消えており、代わりにチョコレート菓子が大量に詰め込まれているのだ。

これは一体、なにが起きたの⁉

驚き動揺する私に、「どうした？」と声がかけられた。

顔を上げれば久瀬さんと視線が合う。

なにかの書類を手に立ち上がったところの彼は、心配そうな目を私に向けている。

両隣からも先輩社員の視線を感じて、慌てて引き出しを閉めた私は、「いえ、なんでもないです。すみません」と作り笑いでごまかした。

私に集まった視線はすぐに散っていき、久瀬さんも心配を解いた顔をして、四つ隣の席に座る課長に歩み寄り、声をかけている。

誰にも見られていないことを確かめてから、再度机の引き出しを開けた私は、チョコレート菓子を見つめて考え込んだ。

誰が、こんなことを……。

引き出しにビーフジャーキーやサラミをしまっていることを知っているのは、いつも一緒にお弁当を食べている三人と久瀬さんだけである。

久瀬さんは無断で女性の机を漁る人ではないので、犯人ではない。

八重子ちゃんも、違うと思う。

いいことであれ、悪いことであれ、なにかを企んだりしない子だ。

ただフワフワとタンポポの綿毛のように風の向くままマイペースに生きているのが、八重子ちゃんである。

消去法で考えると、怪しいのは香織と綾乃さんになってしまうが……。

ふたりが私に嫌がらせするとは考えにくいので、動機の推測に悩む。

ビーフジャーキーを会社に置いていることは以前、ふたりに話したけれど、業務時間中の二時間おきの肉チャージまでは打ち明けていない。

もしや、こっそり肉チャージしていることに気づかれて、仕事中は肉を忘れなさいという注意のつもりでしたことだろうか？

私の行きすぎた肉好きを心配し、女の子らしく嗜好《しこう》をチョコに変えた方がいいという思いやりからのすり替えかもしれない。

そう考えた私は、カーディガンのポケットにチョコ菓子のひとつを忍ばせると、席を立って歩きだした。

綾乃さんと香織に、ビーフジャーキーを返してもらおうと思ったのだ。

隣の第二課のデスクが並ぶ島には、綾乃さんの席がある。

そこを目指したが、どこへ行ったのか綾乃さんは不在で、それならばと通路をさらに奥へ進み、第三課の香織の席へ向かった。

香織のデスクは、通路寄りの端である。

真剣な顔をしてノートパソコンのキーボードに指を走らせている香織に近づき、横から顔を近づけて「ねぇ」と声をかけた。

「わっ！」と肩をビクつかせて驚いた香織は、「え、もう昼休み？」と目を瞬かせて私に問う。

同じ事業部であっても、私と香織の仕事内容に接点はないに等しい。

私の所属する第一課は食品包材を扱っており、香織の第三課はコピー用紙や広告チラシなどの紙製品を担当している。

そのため仕事中に私が話しかけるとしたら、『そろそろお昼にしない？』という誘いくらいなので、香織は勘違いしたようだ。

「まだお昼じゃないよ。あのね……」

香織の横にしゃがんで机の縁に揃えた両手の指をかけた私は、疑惑に満ちた視線を向ける。

「私のビーフジャーキー、知らない？」

「は……？」

意表を突かれたような顔に、意味がわからないと言いたげな声。

どうやら犯人は、香織ではないらしい。

それなら綾乃さんの単独犯行だろうかと眉を寄せつつ、私は香織に事情を説明した。

「机の引き出しを開けたら――」

私は今、本気で困っている。

体も心も肉チャージを要求しているというのに、チョコレート菓子しかない。

このままでは肉のことで頭がいっぱいになり、仕事に集中できず、この前のようなミスを犯してしまうかもしれないのだ。

非常に由々しき事態なのに、香織は私の話に吹き出しそうになっており、慌てて口元を押さえて周囲を気にしている。

それから笑いをこらえてヒソヒソと、私に返答した。

「なにそれ、面白いいたずらだね。私が犯人だと思ったの？　違うよ。奈々子にチョコあげても喜ばないのは知ってるもの。私がすり替えるとするなら、次の肉パーティー用の特上カルビかな」

「じゃあ、犯人は綾乃さん？」

「綾乃さんはそんな子供じみたことしないでしょ。八重子も違うね。あの子はいたずらしてやろうと考えることはない」

「うん、そうだよね……」と香織の言葉に納得し、疑ったことを詫びた私は、犯人不明のままで終わりそうな予感に嘆く。

「ああ、私のビーフジャーキー、どこへ行ったの？　今日はもう、仕事にならないよ」

悲しみの深いため息をついて、ポケットからチョコレート菓子を取り出す。

投げやりに「あげる」と言って香織の机に置けば、笑って「いらない」と返される。

「自分で食べたら？　血糖値が上がれば、肉欲求もおさまるんじゃない？」

「チョコなんかで抑えられない。二時間おきに肉を食べないと、仕事に集中できない体質なんだよ。引き出しのチョコ、全部もらって」

「ええー、太る……というか、あんた、仕事中も頻繁にビーフジャーキー食べてるんだね。残業用の非常食かと思ってたのに」

「あっ……」

さすがに自分でも恥ずかしいので、久瀬さん以外には誰にも教えていなかった二時間おきの肉チャージを、うっかり自白してしまった。

呆れ顔の香織に、「内緒にしてね」と苦笑いして口止めし、それからトボトボと引き揚げる。

久瀬さんは自席に戻っていて、受話器を片手に顧客と思われる誰かと会話しながら、パソコンの画面を見つめてマウスを操っていた。いつものことながら、忙しそうだ。

電話の相手は、先週のコンベンションセンターで話を聞きたいと言ってもらえた食品メーカーの人だろうか……。

そんな予想をしつつ椅子に座れば、机の下に置いていたショルダーバッグに足が触れた。

それを持ち上げ、膝の上に置き、中を覗いて考える。

こうなれば、早弁するしかないのかな。学生の頃のように……。

今日も好物ばかりを詰め込んだ、手作り肉弁当を持参している。

今朝焼いていた時のハンバーグの香りを思い出すと、口内が潤ってくる。

そのまま誘われるようにバッグに手を差し入れた私であったが……久瀬さんの声が耳に届いてハッと我に返った。

「ありがとうございます。では、本日十三時に伺います。よろしくお願いします」

そう言って電話を終えた彼はきっと、昼休みを取らないつもりなのだろう。

久瀬さんを見て後ろめたい思いが湧き上がった私は、肉への想いを断ち切ってバッグを机の下に戻し、キーボードに手を置いた。

このどうしようもない肉欲求を、そろそろなんとかしないと。

肉よりチョコを喜ぶことはできそうにないが、せめて肉より仕事を選べる女にならなければと、自分を戒《いまし》めていた。


奪われたビーフジャーキーとサラミの行方も犯人もわからぬまま、三日が過ぎた朝。

出勤したばかりの私は、デスク前に立ち、異常がないかと点検するような視線を机上に向けていた。

すると、閉じたノートパソコンの上に、チケットのようなものを見つけた。

こ、これは……！

私の行きつけとも言っていい、チェーン展開している焼肉店の、食べ放題無料券である。

つい喜んで手に取ってしまったが、よく見れば、期限が昨日で切れている。

ぬか喜びさせて……。

思いきり顔をしかめた私は、それを握り潰して周囲を見回した。

今朝はいつもより三十分早く出勤したため、部署内は人がまばらだ。その中に私に恨みがありそうな人はなく、このチケットは昨日の私の退社後に置かれたのではないかと推測した。

となると……犯人の目星はさっぱりつかない。

昨日はスーパーマーケットのパックの肉に値引きシールが貼られる時間を気にし、定時になると真っ先に退社した。

そのため、私の机にいたずらを仕掛けることのできる人は、事業部の社員ほぼ全て、ということになってしまう。

朝から嫌な気分にさせられた私は、手荒に引いた椅子に腰を下ろし、ノートパソコンを開いて起動させた。

ロック画面が現れるのを待ちながら、今日は大丈夫だろうかと心配になる。

実は一昨日、作りかけのプランが何者かによって、勝手に完成させられていたという出来事があった。

久瀬さんかと思って尋ねても違うと言われ、両隣の先輩社員に聞いても首を傾げられた。

困惑しながらも、手伝ってくれてありがたいと感謝しかけたのだが……確認すれば間違いだらけ。

入力されていた数値が目茶苦茶で、それを修正しているうちに、前日に自分がどこまで作業したのかもわからなくなってしまった。

怪しいものを顧客に提出するわけにはいかないので、結局最初からやり直す羽目になったのだ。

なかなかロック画面が現れないことにいらつき、ため息をついた私は、他の作業をしようと机の引き出しの下段を開けた。

そこには、取引先の種別に分けたファイルを綺麗に収納してある。

目当ての書類を引っ張り出そうとした私は、その手前にある〝シュレッダー〟と見出しシールを貼ったクリアファイルに目が留まり、顔をしかめた。

私はこのクリアファイルに不要になった書類を入れておいて、ある程度溜まったらシュレッダー処理している。

それが昨日、何者かによって、勝手に処分されていることに気づいたのだ。

そのクリアファイルに入っているもの以外は必要な書類なので、もしや大切なものまで破棄されたのではないかと焦った私は、引き出しの下段の書類全てを確かめなければならなくなってしまった。

捨てられたのは不要なものだけであるとわかってホッとしたが、確認作業に三十分も費やした。

そして、これに関しても犯人不明のままである。

ビーフジャーキーを奪われた以外、これといった実害がないので大騒ぎする気にはなれないけれど、気味が悪い。

次はなにをされるのかと思えば落ち着かず、イライラして仕事に集中できないので、なんとかして一連のいたずらの犯人を見つけ出さなければと意気込んでいた。


午前中は会議とデスクワークで時間が過ぎ行き、昼休みになる。

ミーティングテーブルを囲むのは、私と香織と綾乃さん。

八重子ちゃんは、またなにか失敗したらしく、係長から注意を受けているところである。

八重子ちゃんを待てずにお弁当を広げた私は、飴《あめ》色に艶めく豚の角煮を味わいつつ、早速、今朝の出来事を報告した。

「でね、焼肉食べ放題無料に喜んだのに、昨日で期限切れ。テンションを上げさせてから、落とすところに悪意を感じたよ」

地味で小さなダメージも、日々重なれば大きなストレスとなる。

しかし予想していたことではあるけれど、私の気持ちは理解してもらえずに、香織と綾乃さんはおかしそうに笑っていた。

「大量のチョコに仕事の手伝い。焼肉無料チケットまでくれるなんて、いい奴じゃん」と香織が言えば、綾乃さんが頷く。

「ありがた迷惑な業務補助は困るけど、犯人はよかれと思ってやっているんじゃないかしら。無料券は期限切れに気づかなかったのよ、きっと。誰だろうね。もしかして奈々ちゃんに想いを寄せる男性社員？」

「そんな人、いませんよ」と、私は真顔できっぱりと否定した。

悲しいことだが、モテないことには自信がある。

楽しそうに犯人をかばい立てするふたりに、もう少し事態を深刻に捉えてもらおうと、私はやや声を大きくして主張した。

「犯人には悪意がある。無料券の期限切れは、絶対にわかっていてやったことだよ」

昨日で期限が切れたというところに、意地の悪さを感じる。

忘れ物でもして社に戻っていたなら、昨日のうちに無料券を使えたのに……と、私は後悔している。

おそらく犯人は、そこまでのダメージを見込んで、こんないたずらを仕掛けたに違いない。

「絶対に犯人を見つけてやるんだから。期限切れの無料券は、ゴミ以上に迷惑。なんで私が損した気分にならないといけないのよ」

その悔しさを込めて、お弁当の照り焼きチキンに箸を突き立てたら、「えっ⁉」と真後ろに驚いたような声がした。

「期限切れてました？　奈々さん、すみません。気づかなかったです」

そう言ったのは、係長のお説教から解放された八重子ちゃんで、訪問販売の業者から買ったサンドイッチとサラダを手に、ニコニコして立っている。

「え……八重子ちゃんの仕業なの？」

「はい」

犯人を暴いてやると意気込んでいたのに、あっさりと判明し、私は怒りをぶつけるよりもキョトンとしてしまう。

ど天然の八重子ちゃんがいたずらを企むことはないと思い、真っ先に犯人から除外していたので、意表を突かれた心持ちでもある。

香織と綾乃さんも同じ気持ちのようで、予想外の犯人に目を瞬かせていた。

「ちょっと待って……チョコレートと勝手なプランニングと、シュレッダー処理も？」

戸惑う私の問いかけに、「はい、全部私がやりました」と八重子ちゃんは、一切悪びれずに笑顔で白状する。

それから何食わぬ顔をして、私の斜め向かいのいつもの席に座った彼女は、急になにかに気づいたように「あっ」と声を漏らした。

「内緒でやりなさいって言われてたんだ。すみません、私がサプライズを仕掛けたこと、忘れてもらえませんか？」

「聞いちゃったからね。それは無理だよ」

呆れて私の頬が引きつるが、「誰に指示されたのかな？」と努めて優しく問いただす。

それも秘密にする約束をしたと、八重子ちゃんは教えようとしなかったけれど、私と香織と綾乃さんに、真顔で順に名を呼ばれては、逃げられないと悟ったようだ。

珍しく周囲を気にする八重子ちゃんは、口の横に手を当てて、「他の人には言わないでくださいね」と念押ししてから打ち明けた。

「乗友さんです。先週の金曜日に私が残業していたら、『いつも遅くまで頑張って偉いわ』って褒めてくれて──」

八重子ちゃんがしばしば遅くまで残業している理由は、ひとえに人より仕事が遅いからである。

けれども乗友さんに褒められて、素直に喜び、コンビニのプリンまで差し入れてくれた彼女にすっかり心を許してしまったらしい。

簡単に手懐《てなず》けられた八重子ちゃんは、続いて乗友さんにこう持ちかけられたという。

『ねぇ、頼みがあるの。日頃から、私に素敵な驚きを与えてくれる相田さんに、サプライズでなにかお礼がしたいのよ。手伝ってくれない？　ふたりでこっそりと、相田さんを笑顔にさせましょう』

八重子ちゃんに悪意はなく、あくまでも私を喜ばせようとして、乗友さんの提案に乗ってしまったようだ。

それにはホッとするところだが、乗友さんに対しては怒りが湧き上がる。

〝素敵な驚きを与えてくれる相田さん〟だって。

それって、会社での私の行動を観察し、久瀬さんに近づく私にハラハラしていたという意味だろうか。

〝相田さんを笑顔にさせましょう〟と言って八重子ちゃんをそそのかしたようだけ

ど、乗友さんが見たいのは、一連のいたずらを気味悪がって怯える私の泣き顔でしょう。

嫌がらせをした動機はもちろん、私を目障りに感じたからだろう。

いや、もしかするとそれ以上に、恨みに似た感情を持っているのかもしれない。

ひと月ほど前の、肉タワー鍋パーティーの参加申し込みを断ったことを、ずっと根に持っていたのだろうか。

それとも、肉パーティーの翌週の、久瀬さんとのステーキハウスデートを知られてしまった可能性もある。

休日明けに出勤した久瀬さんを捕まえて、『一昨日は肉に夢中で会話ができなくてごめんなさい』と謝った時、近くの通路を乗友さんが通ったのだ。

もしくは、先週のコンベンションセンターに、久瀬さんとふたりで出かけたことを恨まれているのかもしれない。

金曜の帰りには、翌日のポン酢治療について、『明日もよろしく』『はい。気合い入れていきましょう』という会話を、ふたりでヒソヒソと交わしていたから、それを見られた恐れもある。

思いあたる節が多すぎて、どれが引き金となったのかはわからないが、私に対してアクションを起こさないと気が済まないほどにイライラが募っていたようだ。

久瀬さんの彼女の座を長年狙っている乗友さんなので、彼に近づく女を許せないと思う気持ちは、わからないでもない。

けれども、それなら不満を直接言葉にして私にぶつければいいのに、こんな憂さ晴らしの仕方は卑怯だ。

私が腹を立てている最大の理由は、八重子ちゃんを利用したところにある。

天然すぎて困ることもあるけれど、八重子ちゃんは人を嫌ったり妬んだりしないピュアな子である。ましてや誰かをいじめてみようなんて考えることは、絶対にない。

そんな無垢《むく》な八重子ちゃんを騙して、悪事に加担させるとは……許せない。

そしてなによりも、チョコはいらないから、奪ったビーフジャーキーを返してよ！

箸を握りしめてフロアを見回したが、乗友さんの姿はなかった。

きっといつもの取り巻きのような同期と三人で、ランチに出かけているのだろう。

ひょっとすると今頃、私への嫌がらせについて楽しく話しているところかもしれない。

八重子ちゃんには、サプライズは困るという気持ちをはっきり伝えて、今後はやらないという約束をさせた。

お弁当の続きに戻りつつ、私は鼻息荒く憤る。

「もう怒った。今日中に乗友さんと話をつける」

「え……本気で？」

そう聞き返したのは香織で、食べかけのおにぎりを置いて心配そうに眉を寄せた。

「ついていこうか？」と言ってくれたのを、私は首を横に振ってきっぱりと断る。

「ひとりで文句を言いに行く。人数に訴えるような卑怯な真似はしたくない。正々堂々と、一対一の勝負だよ」

気分は、カウボーイハットを被った荒野のヒーロー。

昨日寝る前に何気なくテレビで観た、古い西部劇の映画が影響しているのかもしれない。

戦の前の腹ごしらえとばかりに、私は肉弁当を勇ましく食べる。

八重子ちゃんはドレッシングの小袋が破れないらしく、悪戦苦闘していた。

おそらく彼女の耳に、私の話は届いていないことだろう。

「奈々子、殴ったらダメだよ。面倒事に巻き込まれたくない」

「奈々ちゃん、怒る気持ちはわかるけど、なるべく丸く収めてね。ほら私、乗友さんと同課だから、仕事がやりにくくなっちゃう」

私の心配なのか、どうなのか……。

香織と綾乃さんは口々にそう言って、不安げな目を私に向けていた。

決戦は日没時。

定時を十分ほど過ぎ、乗友さんが帰り支度をしているのを見た私は、自席で静かにノートパソコンを閉じた。

久瀬さんは、後輩社員からプランニングの相談を受けている真っ最中だが、立ち上がった私に気づくと、「帰るの？　お疲れ様」と声をかけてくれた。

「いえ、ちょっと飲み物を買いに行くだけです」

嘘をついた私に、彼は目を瞬かせる。

財布もスマホも持たず、勇ましい顔をして飲み物を買いに行くとは、どういうことなのかと疑問に思われたのかもしれない。

彼の表情からそれが読み取れたが、『飲み物ではなくトイレです』と嘘をつき直している暇はない。

乗友さんが帰ってしまいそうなので、私は急ぎ足で西側のドアから部署を出て、東側のドアへ回る。そして廊下で彼女を待ち伏せた。

すぐにドアから出てきた乗友さんは、仁王立ちしている私とぶつかりそうになり、

「キャッ！」と声をあげる。

「すみませ――」と反射的に謝りかけた彼女だが、相手が私だと気づくと、途端に迷惑そうな顔をして「邪魔よ」と冷たく非難した。

「乗友さんにお話があります」

私のその言葉と険しい表情だけで、彼女は用向きがわかったようだ。

けれども慌てることも悪事を隠そうとすることもなく、余裕の笑みを浮かべて言う。

「秘密にしてと頼んだのに、あの子、話してしまったのね。使えないわ」

「そうです。八重子ちゃんはいつだって純粋で使えない。だから二度と利用しないでください。文句があるなら、私に直接はっきりと言ったらどうですか」

正論をぶつけて、乗友さんを追い込んでいるつもりであった。

批判されるべきは彼女で、優位な立場にいるのは被害者の私だと強気に出たのだが、
彼女はクスリと笑って言葉を返してくる。

「直接はっきりと言っていいのね？　よかったわ。言いたいことが山ほどあるのよ」

「え……山ほど？」

「そうよ。ゆっくり話せるように会議室に移動しましょう」

少しの焦りも見せてくれず、やけに堂々とした乗友さんに、「はい……」と返事をする声が不安に揺れてしまった。

彼女は私より五センチほど背が高く、パンプスのヒールは七センチほどありそうなので、私は上から見下ろされる形になっている。

退社時間なのに化粧崩れは見られず、大きな瞳にアイラインがくっきりと引かれて、目力が強い。

どこのブランドかはわからないが、高級そうなベージュのチェスターコートが、スタイルのよい彼女によく似合っていた。

それに対して私は、ノーブランドの安物のブラウスと膝下丈フレアスカートに、量販店で買った無地のカーディガンという戦闘力の低そうな出で立ちで、加えて平凡すぎる容姿である。

こんな私で、口論に勝てるだろうか……。

最初の威勢はどこへやら。

美人に居丈高に振る舞われたら、尻込みしたい気分になり、私の心は焦りだす。

お話はまた今度……と逃げたくなったが、それに気づかれたのか、ニヤリと口の端を上げた乗友さんに先手を打たれた。

「あなたから言いだしたことなんだから、逃げないでね。私は化粧室でメイクを直してから行くわ。先に大会議室で待っていて」

メイクは、一切崩れていないように見えますが……。

今以上に装備を整えられると、勝てる気がしなくて怖い。

けれども乗友さんはすでに早足でお手洗いへと消えてしまったので、このまま黙って帰るわけにいかず、私はこの階にある大会議室へ向かった。

無人の会議室に入り、電気をつける。

窓辺に寄れば、ビルの外壁に切り取られた空は、紫色と藍色の寒々とした二色の層をなしていた。

三月後半に入り、日中は暖かさも感じるけれど、日が落ちれば肌寒い。

前を開けていたカーディガンのボタンを閉めつつ、私は自分を励ます。

大丈夫。

もう嫌がらせをしないという約束さえ取り付ければ、私の勝ちなんだから……。

弱気になっていた心をなんとか立て直したら、ノックもなくドアが開いた音がした。

勇ましい表情を取り戻し、いざ勝負！と振り向いた私であったが……。

「え？」と戸惑いの声をあげてしまう。

乗友さんひとりではなく、いつも一緒にランチに出かけている彼女の同期ふたりもいるからだ。

やられた……。

乗友さんが遅れてきた理由は、メイク直しなどではなく、応援を頼みに行っていたからみたい。

私は香織の加勢を断ったというのに、仲間をふたりも連れてくるとは卑怯な……。

非難の気持ちをぶつけたくなったが、よく考えれば、八重子ちゃんを騙して嫌がらせをさせるような人に正義を求めても意味はなさそうだ。

せっかく奮い立たせた闘争心も虚しく、ニヤニヤした乗友さんたち三人に囲まれて、劣勢を悟る。

まさか殴られたりしないよね?

大丈夫かな、私……。

「このふたりも、相田さんに言いたいことがあると言うから連れてきたの。先ほどあなたが言った通り、直接はっきりと不満を言わせてもらうわ」

乗友さんが巻き髪を手の甲で払ったのを合図に、三人が交互に口撃を開始する。

「最近、調子に乗ってるんじゃない?」と最初に指摘されたのは、仕事のことについてである。

コンベンションセンターへ出かける久瀬さんに私がお願いして同行させてもらったことを、彼女たちは知っていた。

課は違えど、同じフロアで働いているのだから、私の行動は少し調べればすぐにわかることらしい。

「新規の顧客を、自分が担当したいと駄々をこねて、久瀬くんを困らせたんですって?」

「自分にそこまでの実力があると勘違いしているようだから教えてあげるけど、一課の成績がいいのは久瀬くんがいるおかげよ。相田さんを含めた他の社員は出来損ないばかり」

乗友さんたちは二歩の距離を置いて、私を囲んでいる。睨むのではなく、楽しそうな顔つきで、ここが日頃の鬱憤の晴らし時だと張り切っているのではないだろうか。

久瀬さん以外は出来損ないだと、一課全員を批判する彼女たちに、そこまで言わなくても……と思いつつも、受けた心的ダメージはまだ浅い。

新規の顧客を担当したいと願い出たことを彼女たちが知っているのは、後日、久瀬さんから、その件について改めて、私が断られている様子を見ていたからであろう。

そこだけ目撃したのなら、無理を言って彼を困らせたと捉えられても仕方ないが、私の狙いは彼の変身を解くことであり、本気で頼んだわけではなかった。

そのようなことを、乗友さんたちに反論したかったけど……久瀬さんの変身に関わることなので、説明できずに黙っていた。

口を噤《つぐ》んだことで私が傷ついていると勘違いしたのか、三人は勢いづく。

仕事の次は、彼女たちの得意分野、ファッションを批判された。

「今日も地味でダサイ服装ね。しかも安物ばかり」と乗友さんが馬鹿にすれば、もうひとりが補足するように指摘を重ねる。

「その服、確か三日前も着てたわよね？　ローテーションは最低でも一週間分は揃えるべきよ」

自分の服に視線を落とした私は、三日前にもこの服を着たかどうか、記憶を探る。

けれども、そう言われると着ていたような気もするけれど……という程度で記憶はあやふやだ。

三日前のお弁当の中身なら簡単に思い出せるのに、服装に関してそうなるのは、興味が薄いせいであろう。

しかしながら、こんな私でも最近になって少しだけ、ファッションに興味を持つようになってきた。

ネットで肉料理のレシピブログを検索していたら、宣伝広告に出てくるファッション系のバナーに目が行くようになり、それを開いて見る時がある。

この前は、雑誌についていた美容室のクーポン券を切り取り、長年の同じ髪型を変えてみようかと思い立った。

久瀬さん好みの髪型に……と思ったのだが、わからないため、聞いてから美容室を予約しようと思っている。

彼の好みに近づけたいという下心のある質問を、本当にできるかどうかはわからないけれど……。

そんなふうに、全くの無頓着ではなく、私だって少しは女子力を高めようという意識が出てきたと言いたくて、乗友さんたちの顔を順に見た。

「言い返せるの？」と問いかけられ、口を開きかけた私だが、結局は首を横に振って視線を逸らしてしまう。

考えるだけで、まだなにも行動に移していないため、反論してもかえって馬鹿にされるだけだと気づいたからだ。

三人に比べると貧相な服装をしている自分を今さらながらに恥ずかしく思い、私は自分の体を隠すように抱きしめた。

クスクスと嘲るような笑い声を浴びせられ、さらなる刃《やいば》が向けられる。

「素肌に自信があるのか知らないけど、メイクぐらいしなさいよ」

「社会人の自覚があるの？」

「え……？」と呟いて目を瞬かせたのは、メイクをしているからである。

もしかして、ずっとノーメイクだと思われてたの？

嘘……。

今まで一度もメイクをせずに出社したことはないので、それには動揺するところだ。

ファンデーションと薄い色味の口紅だけなのが、そう思わせた原因なのか。

しかも社内でメイク直しをしないので、退社時間になる頃にはすっかり落ちて、すっぴんと間違われるのも仕方ないのかもしれない。

明日から、昼食後にはメイク直しをしようかな。

チークやアイメイク、色味のある化粧品も買い揃えた方がいいのかもしれない。

上品かつ華やかにメイクを施している乗友さんたちを見た私は、自分の女子力の低さを痛感し、これまで疎《おろそ》かにしていた美容やファッションについてを反省し始めた。

今のままじゃダメだよね。変わらないといけないのかも……。

私がショックを受けているのが伝わったのか、彼女たちはおかしそうな笑い声をあげ、「田舎くさい」「女子力ゼロ」「総じてブサイク」と口々に言い放つ。

こ、これは……自分でも予想外の結構なダメージだ。

胸にグッサリと突き刺さった批判に痛みを覚えつつ、それはなぜかと、ふと疑問に思う。

これまでの私なら、女子力の低さを指摘されてもどこ吹く風で、傷つくことも反省もしなかっただろうに。

なぜかと自分の心に問いかければ、すぐに回答が得られる。

久瀬さんに恋をしているからだよね……。

少しは女性らしくしないと。

一方通行の想いではなく、久瀬さんからも好かれたいと、欲張るのであれば……。

なにも言い返せずに肩を落とそうとも、乗友さんたちは容赦してくれない。

締めはやはりというべきか、肉好きに関しての非難である。

「年中、肉、肉って、鬱陶《うっとう》しいのよ。相田さんに会うと、背景に焼肉屋の光景が見えるようになってしまったじゃない」

そう言ったのは乗友さんの同期のひとりで、もうひとりも「そうそう」と同意する。

「焼肉の匂いまで感じる時があるわ。こっちはダイエット中なのに、お腹が空くからやめてくれない？」

迷惑顔のふたりの言葉に、私は目を見開いて驚いた。

私って、常に焼肉臭がするの⁉

思わずクンクンと自分の腕を嗅いでしまったが、カーディガンからは柔軟剤の香りしかしない。

もしかして、私と肉のイメージが強固に結びついているために、幻臭のような感覚を彼女たちに与えてしまっているのだろうか。

それはひょっとして、久瀬さんたち他の社員にも……？

「そ、そんな。これからは肉を我慢しなくちゃ……」

激しいショックを受けて呆然とする私に、「今のままでいいんじゃない？」と意外にもフォローするようなことを言いだしたのは、乗友さんだ。

私に半歩近づき、下女を見下す女王様の如き視線を向けてくる彼女が、ニヤリとしてとどめを刺しにきた。

「このまま肉と恋愛していなさいよ。久瀬くんに接近しようと頑張っているようだけど、全てにおいて似合わないわ。相田さんみたいな肉女を、彼が選ぶはずないでしょう。諦めてビーフジャーキーを食べていなさい。あなたの机から回収したものを、倍にして返してあげるから」

後ろによろけた私は、窓辺に背中をぶつけて力なくうなだれる。

も、もうダメだ……。

ビーフジャーキーを倍にして返してもらっても嬉しくないと思うほどに、心がえぐられてしまった。

私のような肉女では、どう頑張っても久瀬さんとはお似合いになれない。

実にその通りで、なにも言い返せません……。

大会議室には三人の高笑いが響き、「身のほど知らずだというのが、ようやくわかったのね？」と乗友さんが私に確認してきた。

それに頷こうとした、その時……。

ドアが勢いよく開けられて、焦り顔を覗かせたのは八重子ちゃん。

私たち四人の姿を見つけた彼女は、後ろに振り向くと、廊下の奥にいる誰かを大声で呼んだ。

「奈々さんがいました！　こっちです！」

廊下を走る足音が大きく聞こえ、八重子ちゃんの後ろから現れたのは久瀬さん。

彼もまた焦りを顔に浮かべていた。

八重子ちゃんと久瀬さんが、私を捜しに来たようだけど……え、なんでその組み合わせ？

ふたりが大会議室に入ってくると、私を囲う輪が広がった。

ポカンとしているのは私だけで、乗友さんたち三人は、まずい場面を見られたというような顔でお互いを見ている。

久瀬さんは早足で近づいてくると、私をかばうように背中に隠し、乗友さんたちと対峙した。

「相田さんになにをした？　聞かせてもらおうか」

そう言った低い声は、静かな怒りに満ちている。

八重子ちゃんはなぜか近くの椅子に背筋を伸ばして座り、状況を飲み込めずにいる私と視線が合うと、キリッとした顔をして言った。

「奈々さんがいじめられているから、久瀬さんと一緒に助けに行きなさいと言われたんです」

「誰に？」

「香織さんと綾乃さんです」

それを聞いて、なるほど……と納得した。

香織と綾乃さんには、退社時間になったら乗友さんを捕まえて決着をつける話をしておいた。私と乗友さん、ふたりはきっと、残業しながら私の様子を気にかけていてくれたのだろう。ふたりでの話し合いかと思いきや、一度、事業部に戻ってきた乗友さんが同期を引き連れて出ていった。

三対一の不利な状況にいる私を心配し、なかなか戻らないことに焦った香織たちは、助けに行かなければと考えたのではないだろうか。

しかし、自分たちが間に入るのは怖いので、乗友さんたちの弱点である久瀬さんに頼もうとした。

憧れの彼に睨まれたら、きっとすぐに大人しくなるだろうから。

けれども、ふたりは久瀬さんとの接点が薄く、女同士の喧嘩の仲裁をしろとはお願いしにくい。それで、どんなことも深く考えずにサラリと言ってしまえそうな八重子ちゃんを使ったに違いない。

そう推測した私は、八重子ちゃんに哀れみの目を向ける。

乗友さんの後は香織たちに使われて、天然も大変だ。気の毒だから、今度なにか奢ってあげようかな……。

余計なことに気が逸れた私を引き戻したのは、慌てたような乗友さんの声だ。

「べ、別になにもしてないわよ。四人でファッションやメイクについてお喋りをしていただけなのに、誤解しないで」

「そうよ、そうよ」と彼女の同期ふたりも、焦り顔で同意する。

久瀬さんが顔だけ振り向いて、斜め後ろに立つ私を見たのは、乗友さんの話が本当なのかを確認するためであろう。

彼女たちからの視線も私に注がれていて、それは懇願するような感じのものであった。

憧れの久瀬さんに嫌われたくないという気持ちは私にもよくわかり、かつ彼をこんなしょうもないことに巻き込んではいけない気もしていた。

私が嫌がらせをされたなどと言えば、同課の先輩社員として守らなければと思わせてしまいそう。

ただでさえ仕事のことで皆に頼られ、多忙を極める彼なのに、余計な心配と手間をかけさせてはいけないのではないだろうか。

そう思う一方で、せっかく助けに来てくれた彼に、嘘をつくのも間違えている気がして、私は返答に迷っていた。

「確かに、ファッションとメイクの話はしていたんですけど――」

言葉尻を濁したら、察しのいい彼は、自ら真実にたどり着いてしまう。

「相田さんのファッションとメイクを批判していたということか？　自分たちと比較して、地味で流行を追っていないと、けなしていたんだろ」

厳しい声で言い当てられ、怯んでいるのは、乗友さんたちだけではなく私もである。

それに気づくということは、私が地味でお洒落じゃないと、久瀬さんも思っていたということだよね。

もしかして、自分の隣を歩かれることを迷惑に思っていたのだろうか。

ポン酢を口にして私を襲ってしまった後には、ダサイ女を相手にしてしまったと、心の中で嘆いていたのかも……。

私がメガトン級のショックを受けていることは、前を向いている彼には伝わらない。

「そ、そんなんじゃないわよ」と嘘をついた乗友さんは、なんとかごまかそうと言い訳を重ねる。

「少しは批判もしたけど、それは仕事に関することよ。久瀬くんに頼りすぎなんじゃないかと、真っ当な疑問をぶつけただけで、けなしたりしていないわ」

先ほど私は、彼に迷惑をかけないために、乗友さんの話に合わせようかと迷っていた。

それは彼女に伝わっていたらしく、「相田さん、そうよね？」と必死な目で同意を求められた。

けれども、私は今、久瀬さんにもダサイと思われていたという衝撃の真っ最中であるため、乗友さんが望むようなフォローをしてあげられない。

「はい……久瀬さんを困らせるなと言われました。出来損ないの私が、調子に乗るなと……」

呆れたようなため息をついたのは、久瀬さんだ。

彼は厳しい声色で、私に代わって乗友さんたちに反論してくれる。

「相田さんの仕事はミスが少ない。正確で丁寧。頼んだことは期日前に仕上げてくれる。俺は助けられている側だよ。調子に乗るなとは、どういうことだ？　積極性は大切だろ。君たちは常に控えめに仕事をしているのか？」

「うっ」と呻いた乗友さんは、同期の陰に隠れるように足を一歩、斜めに引いた。

私の頭にはまだ、〝地味でダサイ〟という言葉が流れており、彼女を助けてあげようという気持ちが湧かずにいる。

「相田さん、他にはなにを言われた？」と久瀬さんに問いかけられて、正直に肉のことも打ち明ける。

「私の肉好きが行きすぎて、私に会うと背景に焼肉屋が見えたり、幻臭がするから迷惑だと言われました……」

「そんなことは――」

それに関してもただちに言い返そうとしてくれた久瀬さんであったが、途中で言葉を切り、黙り込んでしまった。

数秒考えた結果、幻覚幻臭を与えるほどの私と肉の強固な結びつきを否定できなかったようで、勢いをなくした彼はとつとつと援護する。

「俺は、嫌じゃない。美味しそうに肉を頬張る相田さんを見ていると、手近に夢中になれるものがあって、羨ましいと感じる……」

そうですよね。フォローに困りますよね。

私の肉好きが異常で理解しがたいことなのは、わかってます……。

久瀬さんは優しいから、いつも嫌な顔をせずに肉を食べる私を見守ってくれるけど、内心では呆れていたのだろう。

それを察してさらなるダメージを受けた私は、スーツ姿が凛々しい彼の後ろ姿を見つめながら打ちひしがれる。

ああ……数年ぶりの私の恋は実らず、ミンチにされてしまった。

今夜は、この挽肉状態の恋心でメンチカツでも作り、やけ食いしようかな……。

「身のほど知らずですみません……。久瀬さんに似合わない肉女で、ごめんなさい……」

深い痛手を抱えた私はうわ言のように反省の弁を呟いて、久瀬さんの陰からフラフラと出て歩きだす。

これ以上、傷つきたくないので、とにかくこの場から立ち去りたいと思い、ドアへ向かっていた。

すると、三歩しか進まぬうちに強く腕を引っ張られて、体が横に傾く。

「キャッ！」と声をあげた私を受け止め、肩を抱いたのは久瀬さんだ。

驚く私が拳三つ分の至近距離で彼の顔を見上げれば、素敵な微笑みを与えられて鼓動が跳ねる。

ときめきと同時に、彼がなにを思って私を抱き寄せたのかと戸惑ってもいて、急に真顔になった彼の言葉を、緊張して聞いていた。

「秘密にしていた俺たちの関係を、暴露してもいい？」

「え、それは……」

ポン酢変身体質を治すため、私が協力していることについてだと思い、久瀬さんが知られたくないことなのだから秘密のままでいた方がいいと、彼を止めようとした。

けれども、それについての関係ではないらしい。

「君が嫌がらせを受けることに我慢ならない」と言った彼は、視線を乗友さんたちに移し、真面目な声で信じられないことを言う。

「相田さんと交際している。二カ月ほど前に、俺から告白したんだ」

え……えええっ⁉

目玉が飛び出しそうなほどに驚いて、私はなにも言葉が出てこない。

パニックに落とされ、思考が滅裂になる。

私、久瀬さんに告白されたっけ？　ポン酢で我を失っている最中に言われたから、覚えてないのかな？

いや、違うよね。ポン酢で記憶があやふやになるのは彼であって、私ではない。

ということは……どういうこと？　私って、久瀬さんの彼女だったの？

乗友さんたちも盛大に驚いていると思われるが、激しく混乱している私は、ただ久瀬さんの横顔を見つめて、口をあんぐりと開けるだけである。

肩を抱く久瀬さんの手に力が込められ、ピッタリと体を寄り添わせた私が鼓動と呼吸を乱していたら、眉間に皺を刻んだ彼の口から厳しい言葉を聞いた。

「相田さんは、俺の恋人だ。俺には恋人を守る権利と義務がある。今回は許してやるが、今後、卑劣な真似をしたらどうなるか……よく考えろ」

ああ、そういうことか……と私はやっと混乱から抜け出して、息を吐いた。

それは安堵と残念な気持ちが混在した、ため息だ。

私が告白されたのを忘れていたわけではなく、久瀬さんは私を守ろうとして嘘をついたのだ。恋人を守る権利と義務、それを主張するために。

私のためにそこまでしてくれて、嬉しいような、虚しいような……。

私を好きになってほしいという欲張りな願望を抱いているため、複雑な心境でいた。

「冗談でしょ？」

上擦るような乗友さんの声が聞こえて、私の意識はやっと彼女たちに向く。

三人とも信じられないと言いたげに眉をひそめ、私と久瀬さんを見比べている。

特に乗友さんは、嘘を見破ろうとするかのように、明らかな疑いの視線を向けていた。

「なぜ信じない？」と久瀬さんが冷静に問いかければ、半笑いの返事をされる。

「信じられるわけないじゃない。エリートな久瀬くんが選んだ恋人が、相田さん？

そんなの誰も納得しないわよ。どこに魅力を感じたというの？　釣り合わないにもほどがあるわ」

ものすごく失礼だけど、そう言われても仕方ないと私も思う。

美人で大人っぽい乗友さんの方が、私よりは久瀬さんに似合うので、悔しさから信じたくない気持ちになるのも理解できた。

久瀬さんが私のためについてくれた恋人という嘘を、私から否定することはできず、どうしようという視線を彼に向ける。

すると、大丈夫だというように微笑んでくれた彼は、乗友さんの質問に堂々とした声で答えた。

「毎日を全力で楽しむ相田さんは、見ていて気持ちがいい。大人になれば、夢中になれるものを見つけることは難しい。俺もまだ見つけられていないから、相田さんを羨ましく思うし、尊敬もしている」

それは……肉のことかな？

なるほど。

確かに大人になれば、子供の頃のような無邪気な好奇心を維持し続けるのは難しく、夢中でなにかを楽しむ機会はそうそうあるものではないだろう。

久瀬さんは、私が全力で肉食を楽しんでいるのを、肯定的に捉えてくれている。

そう思っていいんですよね……？

消えかけていた自信が、少しだけ戻ってきた気がしていた。

久瀬さんは聞き心地のいい声を、会議室に響かせる。

「いつも笑顔で周囲を明るくしてくれる。一課の社員は皆、相田さんを好いているよ。物事を斜めから見たりせずに真正面で受け止め、ひねた態度を取らないのも長所だ。素直で純粋だと思わないか？」

問いかけられた乗友さんたちは、そう言われたらそうだけど……と言いたげな顔で目配せし合い、納得しかねている様子であった。

彼女たちにとっては、私のそういうところが子供じみていると感じる要素なのかもしれない。

見方によってはマイナスにもなる特徴のようだが、私は久瀬さんが長所として挙げてくれるなら、それを素直に受け入れて喜んでおこうと思う。

私について語る彼を見ているのは照れくさいけれど、ワクワクと胸が高鳴り、『それから？』と催促したい気持ちにもなる。

それが伝わったのか、久瀬さんは私と視線を交わしてクスリと笑ってから、続きを話す。

「俺は、理想と現実の間に線を引いて、無駄だと思う努力はしないし、真っ先にリスクを考えて行動する。だが、相田さんは違う。可能性が低いことでも『やってみましょう』と全力で取り組むんだ。それも、なんとかなると本気で信じて」

それは、ポン酢による変身体質の治療を提案した時のことを言っているのだろうか……？

「そういう楽観的でまっすぐな姿勢が、新鮮で眩しく感じられた。相田さんが隣にいれば、俺も前だけを見ていられる。なんとかなると希望を持てるようになったんだ」

一生治らないだろうから、できる限りポン酢を避けて生きていくしかないと諦めていた彼に、私は治すと強気に宣言して強引に介入した。

それを迷惑に思わず、受け入れてくれた久瀬さんの気持ちが嬉しい。

私の長所を色々と挙げてもらったが、そこに単純であることも追加しておこう。

乗友さんたちに完膚《かんぷ》なきまでに叩きのめされて落ち込んでいたというのに、久瀬さんに褒められると見る見るうちに自信が膨らみ、私は笑みを浮かべて胸を張った。

彼は、それだけでは終わらせずに、私をさらに調子づかせるようなことを言う。

「君たちは相田さんの外見を低く見ているようだが、俺は好みだよ。高級スパークリングワインより、フルーツフレーバーの炭酸水の方が好きな人間だっている。好みは人それぞれだから、君たちのことも否定しない。ただ俺は、派手なメイクやファッションの女性とは性格が合いそうにないから恋人には選ばない」

いつもの久瀬さんらしくない、少々冷たく棘のある言葉は、乗友さんたちに突き刺さったようだ。

衝撃を受けた顔をして、恥ずかしそうに自分たちの服装に視線を泳がせている。

彼女たちには申し訳ないけれど、私は喜んでいた。

地味でダサイという批判で負った傷は、今の彼の言葉で完全に治癒し、私はこのままでいいのだという自己肯定感が、青空のように心の中に広がった。

私の平凡な容姿や控えめなファッションが久瀬さんの好みに合うとは、嬉しい奇跡だ。

恋人関係にあるというのは嘘だけど、そのうち本当になったりして……。

熱くなる頬を両手で隠し、もじもじと照れる私であったが、乗友さんたちはさらに渋い顔をして、疑うような視線を向け続けている。

久瀬さんは優しいから、同課の後輩を嫌がらせから守ろうとしているだけではないかという、彼女たちの心の声が聞こえてきそうな気がする。

その通りだが……ここまで言ってくれた久瀬さんの努力が無駄にならないように、騙されてくれないだろうか。

すると久瀬さんが小さなため息をついて、私の肩から腕を外した。その手は彼のジャケットのポケットに入れられ、すぐに引き抜かれる。

なにかを取り出したように見えたけど……。

首を傾げた私と向かい合わせの姿勢を取った彼は、真顔で「じっとしていて」と指示をする。

「はい」

なんの気なしに返事をした直後に、私は目を見開いた。

久瀬さんの大きな手が私の頬を包んで、唇が重ねられたのだ。

至近距離にある切れ長の涼しげな瞳は閉じた瞼《まぶた》に隠され、スッとした高い鼻が私の頬に触れている。

驚いて思いきり息を吸い込めば、シャンプーか整髪料の爽やかな香りが鼻孔をくすぐった。

私の心臓は爆音で奏でられ、一ミリも動けずに固まるのみ。

く、久瀬さんに、キスされてる……。

ポン酢で変身した時には、毎回キスされているけれど、正常な時の彼とは初めてで、意識の全てが重なる唇に持っていかれる。

どうしてなのか、狼化した時の彼と唇の感触が全く違う気がしていた。

変身中の彼の唇は、柔らかさや潤いが感じられたのに、今の彼の唇は乾いており、やけにスベスベした部分と、ペタッと貼りつく部分にはっきりと分かれていて……。

あれ、なんか変じゃない？

久瀬さんの唇に、私が違和感を覚えた時、「もうわかったわよ！」と叫ぶような乗友さんの声を聞いた。

「久瀬くんのことは諦めるし、相田さんにもなにもしないわ」

苛立ちとショックを滲ませたような声でそう言った彼女は、「なによ、当てつけて。もうどうでもいいわよ」と捨て台詞を残し、カツカツとヒールの音を響かせる。

同期のふたりも乗友さんの後を追い、三人が大会議室から出ていき、ドアが閉められた音がした。

すぐに久瀬さんは唇を離し、「相田さん、ごめん！」と突然キスしたことを申し訳なさそうに謝る。

しかし、その直後にプッと吹き出した。

私は唇に貼り付いているものを剥がして確認し、『ああ……やっぱり』と心の中で呟いた。

これは付箋《ふせん》だ。

水色の幅が少し広めのタイプで、ちょうど私の唇を隠せる大きさのものである。

キスの前に久瀬さんがポケットに手を入れていたのは、付箋を一枚はがして取り出すためであったようだ。

私の頬に手を添えたのは、乗友さんたちに見られないように口元を隠すためだろう。

ものすごく胸を高鳴らせた分、付箋越しのキスであったと気づいた今は、がっかりしてしまう。

仕方ないか……私は久瀬さんの恋人ではないんだし。

残念がる気持ちが伝わっては困るので、肩を揺らしている彼に合わせて、私もヘラヘラと笑ってごまかした。

「付箋だったんですね。いつもの久瀬さんの唇の感触と、違うと思ったんですよ」

けれども、それは余計な言葉であったようだ。

笑いを収めた彼が、「いつもの……」と渋い顔をして復唱し、それから「ごめん」と謝った。

眉尻を下げ、労わるような目を私に向けてくる。

「俺も朧《おぼろ》げながら、相田さんの唇の感触を覚えている。毎回、襲っているからだよな。本当に申し訳ない」

助けてくれた彼に何度も謝らせてしまい、私は慌てる。

それを気にされたら、今後の治療がやりにくくもなってしまう。

久瀬さんの手を取り両手で握りしめた私は、首をブンブンと横に振った。

「私から提案して、望んでやってることですから気にしないでください。久瀬さんにキスされると照れますけど、これっぽっちも嫌じゃなくて。むしろ、ご褒美をもらった気分で、いつもこっそり喜んでいて――」

「嬉しいの？」

「ああっ！　私ったら正直になんてことを……。違うんです。嬉しいけど、別に下心のみで久瀬さんの家に通っているわけじゃなくて、ええと、その……」

弁解しようとすればするほど、恋を成就させたいと企む下心が漏れてしまう。

熱い顔で焦り、墓穴を掘りながら言い訳を続ける私を、久瀬さんは呆気に取られたような顔をして見ていた。

きっと、ドン引きしてるよね。

私の馬鹿……。

いたたまれなくなった私は、これ以上はなにも言わない方がいいと判断し、両手を握りしめて俯いた。

するとクスリと笑う声がして、男らしい指先に顎をすくわれる。

驚きの中で顔を上げ、視線を合わせれば、彼の頬も心なしか色づいていることに気がついた。

「付箋を貼らずに、キスしようか」

低く囁くような甘い声と、隠すことなく色気を香らせる彼の瞳。

思いがけない誘いをもらってしまい、鼓動を跳ねさせた私は、ときめきと困惑に落とされる。

久瀬さん……ポン酢を口にしていないのに、どうしてそんなことを言うんですか？

私が嬉しいなんて言ったから、サービスのような感じでしてくれるんですか？

それとも、もしかして、私のことを……。

本物の恋人にしてくれるかもしれないという期待が膨れ上がり、私は返事の代わりにそっと目を閉じた。

ほのかにミントの香りがする吐息が私の唇にかかり、久瀬さんの唇が、ほんの数センチの距離まで近づいていることを知る。

振り切れんばかりの鼓動に苦しさを覚えつつも、唇が触れ合う瞬間を待ちわびていたら……。

「あの」と声をかけられた。

それは女性の声で、ハッとした私は目を開け、久瀬さんも慌てて私から離れる。

「私、このまま見ていても大丈夫ですか？」

ごく普通のテンションで、そう問いかけたのは八重子ちゃん。

大会議室には、いつものように長机が整然と並べられており、私たちから二メートルほど離れたところにある椅子に、八重子ちゃんがこっちを向いて座っていた。

八重子ちゃんの存在を、すっかり忘れてた……。

目の前でラブシーンを繰り広げようとしていたことを、慌てて謝ろうとした私であったが、ポケットからスマホを取り出した八重子ちゃんに先に話される。

「もし、見学していてもいいんでしたら、私のことは気にせず、どうぞキスしてください。記念に写真撮りましょうか？」

「写真は撮っちゃダメだよ！」

さすが、ど天然の八重子ちゃん。気を使うべき点が大幅にずれている。

八重子ちゃんに回りくどい言い方をしても伝わらないのは知っているので、私は照れ笑いしながらハッキリとお願いした。

「八重子ちゃん、助けに来てくれたのに、こんなこと言うのは気が引けるんだけど、出ていってもらってもいいかな？」

「あ、やっぱりそうですよね。すみません。すぐに出ていきます。それからゆっくり続きを楽しんでください」

いや、もう無理だよ……。

久瀬さんも、声をかけられるまですっかり八重子ちゃんのことを忘れていたらしく、今は大きな羞恥《しゅうち》の中にいるみたい。

窓の桟《さん》に手をついて、「月が綺麗だな」と独り言を呟いているが、耳が赤くなっているのが丸わかりだし、窓ガラスに恥ずかしさをこらえているような顔が映っている。

八重子ちゃんが出ていってくれても、『仕切り直してキスしましょう』とはならないだろう。

ただ、次の治療のことや、乗友さんたちと今後どのように付き合っていけばいいかなど話し合いたいことがあるので、ふたりきりにしてほしかった。

八重子ちゃんが席を立ち、ドアへ向けてスタスタと歩きだす。

「あ、いけない。今日中に係長に提出する書類、まだできていなかった」と言いながらドアを開けた彼女を、私は「待って」と引き止めた。

口止めは、しないといけない。

「わかっていると思うけど、今のこと、他の人に言わないでね？」

久瀬さんは私を守ろうとして恋人だと嘘をついてくれただけであり、私たちは交際関係にない。

八重子ちゃんが話してしまうと、事実ではない噂が広まることになる。

乗友さんたちにも口止めしたいところだが、下手なことをすれば嘘がバレて、また嫌がらせをされそうな気がする。

それに乗友さんたちはプライドが高いから、私なんかに久瀬さんを奪われたと、自分たちからは噂を広めないだろう。

今はとりあえず、八重子ちゃんに口止めだけをして、後々、ゆっくりと恋人ではないことを説明しようか。

そう思っての声かけに、八重子ちゃんは「もちろんです。絶対に誰にも話しませんので安心してください」と頼もしい返事をしてくれた。

立てた親指も見せてくれたが、それはなぜか下向きである。

八重子ちゃん……。

〝了解〟という気持ちを伝えたい時には、親指を上に向けるんだよ。

それも後日、教えてあげようと思いつつ、出ていく彼女を手を振って見送った。

ドアが閉まって久瀬さんとふたりきりになり、さて今後のことを相談しようと思ったが……。

同じタイミングで振り向いた私たちは、顔を見合わせた途端に照れくささが蘇《よみがえ》ってしまい、お互いに背を向けた。

顔の火照りと手が汗ばむのを感じつつ、「あの、久瀬さん」と話しかける。

「なに？」

「八重子ちゃんには、本当は恋人関係にないことを、後でちゃんと話しておきますので……」

それだけ言うのが精一杯で、言葉が続かない。

キスが未遂で終われば惜しかったという気持ちになってしまい、余計にそのことばかりが頭に浮かんで、もう今日は彼の顔を直視できそうにない。

久瀬さんも、気まずさを感じているようで、「ああ……うん」と、それだけしか応えてくれなかった。

今度は溺愛体質に⁉


大会議室で乗友さんたちと一悶着があった翌日。

今朝はオーブンの調子が悪く、お弁当用のスペアリブを焼くのに時間がかかってしまった。

そのため久しぶりに遅刻しそうになり、始業四分前に事業部に駆け込んだ私は、久瀬さんの席の周囲に二十人ほどの人だかりを見た。

なんだろう……嫌な予感がする。

その予感とは、私と彼が恋人関係にあるという噂が広まってしまったのではないかということだが、きっと違うと自分に言い聞かせ、落ち着こうとしていた。

八重子ちゃんにはしっかり口止めしたし、乗友さんたちは悔しい思いをした話を自ら広めたりしないだろうし。

それでも、〝まさか〟という懸念を消せないので、ショルダーバッグで顔を隠し、中腰でコソコソしながら通路を進み、まずは八重子ちゃんの席へ行った。

そこは、久瀬さんのデスクと同じ列で、五つ隣の手前側の席だ。

八重子ちゃんは昨日が期限であった書類の作成を、今朝も行なっているようで、難しい顔をしてノートパソコンの画面に集中している。

そんな彼女の真横にしゃがみ込んだ私が、「おはよう」と声をかければ、特段驚きはせずに、「あ、奈々さん。おはようございます」と元気な挨拶を返された。

「しー」と人差し指を立てた私は、三メートルほど先にいる、久瀬さんを囲う集団を気にする。

よかった……。

どよめきが起きるほどに盛り上がっているから、誰も私の出勤に気づいていない。

まずは状況を把握しなければと、人だかりの理由を八重子ちゃんに問いかける。

すると、ニッコリ天然スマイルを浮かべた彼女が、普通の口調で教えてくれた。

「もちろん、久瀬さんと奈々さんのことですよ。私、昨日の仕事が終わらなくて早めに出勤したんですけど、久瀬さんは着くなり質問攻めにあってます。いつから付き合っているとか、どっちからの告白かとか」

嫌な予感は当たっていたようで、眉を寄せて「やっぱり……」と呟いた私だが、なぜ噂が広まってしまったのかはわからず困惑した。

「どうして?」と八重子ちゃんに尋ねれば、「私がみんなに話したからです」と一切悪びれずにサラリと言われて、目が点になる。

昨日は間違いなく口止めして、八重子ちゃんからも『誰にも話しません』という承諾をもらったはずなのに、なぜ……。

ジロリと睨みつつ、「話したらダメだと言ったよね？」と非難すれば、八重子ちゃんは「もちろん話してません」と矛盾することを言う。

「乗友さんたちと喧嘩になったことは、ひと言も話していませんよ。お互い働きにくくなりますよね。何事もなかったことにしておいた方がいいのは、私にもわかります」

いや、秘密にしてほしかったのは、それじゃないんだよ……。

八重子ちゃんを責める気持ちはすぐに消え、これは私のミスだと反省する。

相手が八重子ちゃんなのだから、なにを言ってはいけないのかを、もっと具体的に指示するべきだった。

私の口止めが不十分だったばかりに、久瀬さんに迷惑をかけてしまった……。

ここからでは、集団に囲まれている久瀬さんの姿を見ることはできないが、きっと困り顔をしているだろうと推測し、心の中で謝罪する。

私と噂になるなんて、嫌ですよね。ごめんなさい。

否定してくれてもいいですよ。乗友さんたちにまた嫌がらせをされることになっても、今度は自力でなんとかしますから……。

大きなため息を床に向けて吐いたら、誰かに腕を取られて立たされた。

振り向けばそれは、怖い顔をした香織で、隣には口元だけかろうじて笑みを浮かべている綾乃さんがいる。

「お、おはよ……」という私の挨拶は無視されて、「どういうことかな?」と綾乃さんに詰め寄られた。

ふたりは昨日、私のことを心配し、八重子ちゃんを使って久瀬さんに救出要請を出してくれた。大会議室から私が戻ると、ふたりは帰らずに待っていてくれたので、昨日の時点で乗友さんたちと決着がついたことは話してある。

ただし、久瀬さんが恋人宣言したことは伏せて、今後は嫌がらせされないだろうということだけ説明したため、今朝、八重子ちゃんから交際の話を聞いて驚いたようだ。

そしてその驚きは、怒りへと移行してしまったらしい。

「奈々子、久瀬さんと付き合ってること、なんで隠してたの?」

「奈々ちゃん、私はね、嫉妬から文句を言ってるわけじゃないのよ。毎日一緒にお昼を食べているのに、教えてくれなかったことが悲しいの」

口々に責められ、冷や汗をかいた私は、「それには事情があってね。付き合っているというのは、実は嘘で……」と小声で打ち明ける。

香織と綾乃さんには、初めから嘘をつくつもりはなかった。だからこそ昨日は、恋人宣言については省いて説明したのだ。実際に交際してはいないのだから。

ひと晩経って、こんなふうに噂が広まってしまうのだったら、省略せずに話しておけばよかったかな……。

「嘘なの？」とキョトンとするふたりに、もっと詳しい説明をしようとした私であったが、集団のひとりが私に気づいて、「相田さんだ！」と声をあげたから、それができなくなった。

同課の先輩男性社員に捕まえられた私は、集団の中に連行されてしまう。

輪の中心に入れられ、椅子に座っている久瀬さんの姿をやっと見ることができたが、隣に立たされた私に彼は困り顔を向けていた。

やっぱり、迷惑に思ってますよね……。

そう感じ取った私は、シュンと肩を落とし、「すみません」と小声で謝った。

「いや、怒っているわけでは――」と言いかけた彼の言葉を遮るようにして、周囲が私に話しかけてくる。

「久瀬さんが、はっきり認めないんだよ。見守ってくれって、どういうこと？」

「察してほしいと言われても、わからないよ。正直、相手が相田さんというのは意外だから、ガセネタじゃないかとまだ疑ってる」

ということは、どうやら久瀬さんは曖昧な言い方をして、質問攻撃を切り抜けようとしていたようである。

交際を否定すれば、私が乗友さんたちにいじめられると心配したためであろう。

春物のコートの胸元を握りしめた私は、これ以上、久瀬さんに迷惑をかけられないと思い、集団に向けて口を開いた。

「違うんです。私が憧れているだけで、付き合ってはいないんです」

「相田さん！」と焦り顔で呼びかけたのは、久瀬さんだ。

座ったまま私の方に向き直り、なにかを言おうとしている彼に、私は両手の平を向けた。

「私のことなら大丈夫です。なにかされても、自分で対処できます。私、これ以上、久瀬さんに迷惑をかけたくないんです」

想いは一方通行で、彼ほどの素敵な男性が、大して取り柄のない私に恋心を抱くはずがない。

その考えが根底にあって〝迷惑〟という言葉を用いたのだが、自分で言っておきながら、振られた気分になって胸が痛んだ。

私が傷ついていることなどお構いなしに、周囲からは安堵の息が漏れる。その多くは女性社員のものである。

まだ自分たちにも彼女になれるチャンスがあると思ったのか、それとも、エリート御曹司である彼の恋人は、誰もが納得するような才色兼備の女性であってほしいという願望を抱いているためかもしれない。

男性社員の中には、「なんだ、やっぱり天然娘の勘違いだったか」と呆れ顔をして、興味なげに自席に戻ろうとしている人がいた。

ちょうど始業時間になり、間もなく朝礼が始まることだろう。

これで解散かと思われたが、同課の三十代男性社員、山田《やまだ》さんが「怪しいな……」と呟いて、私と久瀬さんを見比べていた。

そして、「相田さん、ちょっとこっち来て」と私の腕を引いた。

彼と半歩の距離で向かい合い、首を傾げれば、「睫毛にゴミがついてるよ。取ってあげるから目を閉じて」と言われた。

彼は日頃から丁寧に仕事を教えてくれる、よき先輩社員である。

目元になんの異物感もないが、「ありがとうございます」とお礼を述べて目を閉じたら……一拍置いて、突然強い力で後ろに引っ張られた。

声も出せないほどに驚いた私は、なにかの上に尻餅をついてしまう。

見開いた目を横に向ければ、拳ひとつ分もない至近距離にあるのは、険しくしかめられた久瀬さんの顔。

彼は睨むような視線を前方に向け、怒っている様子であった。

どうやら私を引っ張ったのは久瀬さんだったようで、彼の膝に座ってしまった私は、濃紺のスーツの腕にきつく抱きしめられている。

これは一体……どういう状況なの!?

ときめきと混乱に、心臓を大きく波打たせていたら、久瀬さんが不愉快そうな表情を解いて、ニッと口の端をつり上げた。

彼が挑戦的な目を向けている相手は、睫毛のゴミを取ってあげると言った、山田さんである。

「すみませんが、奈々子に手を出さないでもらえますか？　俺の恋人なので」

ちょうど第二課の係長が立ち上がり、「朝礼を始めます」と言った直後だったため、雑談がやんだ状態であった。

静かな中に久瀬さんの交際宣言が響いてしまったので、解散したばかりの先ほどの集団も、周囲の他の社員たちも、一斉に私たちに振り返る。

一瞬の静寂の後にはどよめきが起こり、もはや朝礼どころではなくなった。

「久瀬さんが、ついに認めたよ」

「本当に付き合ってるんだ。異色の組み合わせだね」

などと近くにいる者同士が勝手に話し出すから、最奥の席で立ち上がった部長がなにかを訴えても、その声は皆に届かない。

やっと驚きから回復した私は、今後のことが心配になり、彼の膝に座ったままで恐る恐る問いかける。

「く、久瀬さん、そんなこと言って、大丈夫ですか？」

どうやら彼は勢いで言ってしまったわけではないようで、余裕の笑みを浮かべている。

「奈々子は嫌？」と問い返され、下の名前で呼ばれたことに胸が高鳴った。

本気で恋人を演じるつもりなんだ……。

私を守ってくれようとしている彼に感謝しつつ、首を横に振って「嫌じゃありません。嬉しいです」と本心を伝える。

すると彼はフッと笑って私の耳に口を寄せ、他の人には聞こえない小声で言う。

「それなら問題ない。恋人関係にあると言っておけば、コソコソせずに済む。治療の日時も相談しやすいし、もっと一緒に出歩けるから、いいことしかないだろ」

出歩けるって……デートまでしてくれるんですか!?

嬉しさのあまりにやけそうになり、緩む頰を両手で挟んでだらしない顔になるのを阻止する。

『決して両想いになったわけではない』と舞い上がりそうな心に釘を刺し、自分を落ち着かせるために現実的な質問をする。

「偽恋人関係の期限は、いつまでですか?」

「期限? ああ、そうだな……」

そう言って二、三秒考えた彼は、「俺がポン酢を克服するまで」と囁くように答えた。

「変身してしまううちは、本当の恋人関係になることはできない。裏切りたくないからな。この話は確か前にしたよね?」

「はい」

初めて彼の変身を見た時、『俺は恋人を作るわけにいかない』という事情も話してくれた。

ポン酢を口にすると、彼はその時近くにいる女性を、誰かれ構わず口説いてしまう。交際相手がいれば、その人を裏切ることになるから、恋人を作れないというのだ。きっと今まで、素敵な女性に言い寄られて、心が揺れた時もあったことだろう。それでも交際を断るしかないのは、気の毒である。

この特異体質が治ったら、久瀬さんはやっと本物の恋人を作ることができる。だから、私との偽恋人関係の期限は、〝ポン酢を克服するまで〟なのだと私は解釈した。

彼を横目でチラリと見て、顎に拳を添えて考える。

もしこのままずっと、ポン酢による変身体質が治らなかったら、私はずっと恋人役でいられるのではないだろうか……。

ほんの少しだけズルイ考えが浮かんだが、それを正義の心で押し潰した。

ポン酢に苦しむ久瀬さんを救いたい……そこがブレてはダメだ。

彼を好きならなおさらのこと、自分の恋を優先するような卑怯者にはなりたくない。

グッと片手を握りしめた私は、まだ私の体に腕を回している彼に小声で言う。

「きっともうすぐ治りますよ。順調に変身時間を短縮できているので。それまで、偽の恋人としてよろしくお願いします」

彼と顔を見合わせ、笑顔で頷き合っていたら、「イチャついてる」という周囲の声が耳に入った。

そうだった。

大注目を浴びて、しかも朝礼が始まるところなのに、私はなにをしているのか。

恥ずかしさに慌てて立ち上がれば、クスリと笑う声が背後に聞こえ、スッキリとした楽しげな声で「またな」と言われる。

久瀬さん、どうしてそんなに余裕なんですか……。

まだ騒《ざわ》めきが残るフロアで、私だけが顔を火照らせ、静まらない鼓動と恥ずかしさを感じている。

「すみません、すみません」と周囲に謝りながら、自席へと急ぐのであった。


久瀬さんとの偽恋人関係が始まって、ひと月ほどが経ち、春風が私の肩下までの黒髪をなびかせる季節になった。

香織と綾乃さんには、私を嫌がらせから守るための偽恋人なのだと説明し、信じてもらえたが、他の人たちは本当に交際していると思っているようだ。

乗友さんには今でも顔を合わせるたびに睨まれ、他の女性社員の一部からも嫉妬の目を向けられるけど、実害がないのは、御曹司の久瀬さんという大きな後ろ盾があるからに違いない。

社内はおおむね平和で私は真面目に仕事に励み、そして土曜の今は、久瀬さんとのデート中である。

人情ものの映画を観た後、ふと目についた多国籍感のある雑貨店に入り、こまごまとした珍しい商品を見て歩く。

「あ、これ可愛いですね」と私が指をさしたのは、フォトフレームだ。

茶色の牛や豚、羊に鶏に鴨、私の食欲を誘う動物たちの飾りがついていて、肉パーティーをした時に撮った写真を入れたくなる。

この店は、店主が直接海外で買い付けをしているセレクトショップのようで、値段は三千五百円と思ったより高く、私は購入に迷った。

すると、爽やかな白いTシャツにお洒落なジャケットを羽織っている久瀬さんが、

「買ってあげるよ」とフォトフレームを手に取ろうとした。

それを私は慌てて阻止する。

「だ、ダメです。映画代も出してもらったのに、そんなに甘えられません」

彼の経済事情は知っている。

菱丸商事の会長の孫であっても、今は私たちと同じ給料体系で、親類からの援助を

受けずに自分の給料のみで全ての生活費を賄っていると言っていた。

将来はおそらく重役まで上り詰め、セレブ生活を送れるだろうけど、今の彼の生活は庶民的である。買ってあげると言われたら、喜ぶよりも、負担をかけたくないという気持ちが先行してしまうのだ。

そう思って断ったのだが、久瀬さんは爽やかな笑みを浮かべて説得に乗り出す。

「俺が買ってあげたいんだよ。今日のデート記念に」

「前回もそう言って、ペアのコーヒーカップを買ってくれたじゃないですか」

先週の休日もふたりでショッピングモールに出かけ、北欧調のインテリアや雑貨を取り扱う店で、色違いの素敵なコーヒーカップをふたつ買ってもらった。

ちなみに食事のみのお出かけも含めたら、デートをするのは今日が五回目である。

「あれは、奈々子の家に行った時に、自分で使うためでもある。ふたりのものだから、プレゼントにはあたらない」

「私の家に来るんですか？　あ、次の肉パーティー？」

「それも参加するけど、ふたりきりの時も行くよ。恋人なんだから当然だろ」

サラリと言ってのけた彼を、私は熱い顔で見つめて、鼓動を高まらせる。

久瀬さん……〝偽〟が抜けてますよ。この関係には期限があることを忘れそうになるので、甘い台詞《せりふ》は控えめにお願いします……。

結局押し切られてフォトフレームを買ってもらい、申し訳なさと喜びを味わいつつ、その店を出た。

空は茜《あかね》色を帯び、あと一時間ほどすれば日没だろう。

電車の駅から十分ほど歩いた大通り沿いのこの場所は、今のような雑貨屋やアパレル系の個人ショップ、お洒落なカフェやパン屋などがあり、人通りも多い。

彼は、すれ違う人とぶつかりそうになった私の肩を抱き寄せてくれたり、ショッピングバッグを持ってくれたりと、うっかり恋人として大切にされていると勘違いしそうになる振る舞いを自然にやってしまう。

私はそれにいちいち、ときめきつつ、偽恋人関係になる前なら、社内の知り合いにバッタリ出くわした場合に言い訳に困るので、こうして堂々とふたりで出歩くことはできなかっただろうと考えていた。

部署内で恋人宣言された時には驚き慌て、この先どうなるのかと不安に感じたけれど、こんなに楽しい時間を過ごさせてもらえるのだから、言ってもらえてよかった。

ただ、ポン酢変身体質が完治したら、この関係は解消という期限付きであるため、それを思えばどうしても寂しくなってしまう。

その気持ちを悟られまいとして、私ははしゃいでみせる。

「十七時半ですよ。そろそろレストランに行きませんか？　どんな肉料理が出てくるのか、ものすごく楽しみです」

「予約は十八時だけど、お腹空いた？」

「はい！」

「早めに行っても入れるかわからないが、まぁ行ってみるか」

三日前に久瀬さんと一緒にネット検索して選んだその店は、ここから五分ほど歩いた中通りにあるそうだ。

マンションや民家の立ち並んだ車線のない道を、並んで進む。

人通りはまばらになり、こんな住宅街に本当にレストランがあるのかと心配になったら、三十メートルほど先に、スポットライトに照らされた置き看板が見えた。

店名まで読み取れないが、ワイングラスと葡萄の葉をモチーフにしたマークが見えるので、予約したカジュアルフレンチの店に違いない。

「あそこか。へぇ、隠れ家みたいだな」と久瀬さんが言い、私が笑顔で頷いた。

少し歩調を速めれば、私の着ているミントグリーンのシフォンワンピースの裾を、横から吹いてきた強いビル風がふわりと膨らませる。

「わっ」と声をあげてスカートを押さえたら、「大丈夫?」と優しい声をかけられた。

照れ笑いする私は、止めていた足を前に進めながら、この服を選ぶのに二時間もかけたことを思い出していた。

三日前、今日のデートのためにネットショップで購入したこの服は、肉代にかけるお金を削って費用を捻出した。

久瀬さんは普段の飾り気のない私の服装でも構わないようだけど、隣を歩く彼に恥をかかせたくないと思ったのだ。

お洒落センスには自信がないため、色々なアイテムを組み合わせるよりは、ワンピースにした方が間違いないだろう。

その考えは正しかったようで、「言い忘れてたけど」と前置きした彼が、はにかむような笑顔を見せて、「その服、奈々子に似合ってるよ。可愛い」と褒めてくれた。

甘い、甘すぎる。

どうしよう、嬉しすぎて溶けてしまいそうです……。

私が盛大に照れたその時、急にポタポタと雨粒が降ってきた。

今日は雲ひとつない晴天で、天気予報でも雨は降らないと言っていたのに、なぜ……?

不思議に思った直後に、雨ではないと気づく。

せっかく新調したワンピースの袖や肩に、茶色のシミが点々とついている。

足を止めた久瀬さんも驚いており、私たちが揃って空を見上げたら、追加するように茶色の液体が降ってきた。

避けきれずに数滴を顔に浴びてしまった私たちは、ハッとする。

「く、久瀬さん、この味って」

「ポン酢だ……」

どうしてポン酢が降ってくるのかと驚き慌てる私が再度上を見れば、すぐ横にあるマンションの、二階の窓から男性の腕が突き出ている。

その手にはポン酢の瓶が握られていて、キャップを外した瓶は逆さまにされていた。

目を見開いた私は、その窓から漏れる若い男女の声を聞く。

「ちょ、ヒロシ、なにやってんの!? まさか窓から捨てたの？」

「お前が、賞味期限切れてるから捨てろって言ったんだろ。台所まで行くのめんどいし」

「下に誰かいたらどうすんのよ！」

「そんな漫画みたいに不運な奴、いねーだろ」

ヒロシ……ここに不運な私たちがいるんですけど！

文句を叫んでいる暇はなかった。

久瀬さんが「うっ」と呻いて変身し始めたので、私は彼の手を引いてマンションの間の、人ひとり分の幅しかない細い隙間に駆け込んだ。

足元にはペットボトルや煙草の吸殻などのゴミが散乱しており、壁も薄汚れているが、服が汚れる心配などしていられない。

通りから見られそうにない中ほどまで進むと、久瀬さんの手を離して向かい合う。

片手で目元を押さえる彼は苦しげな声を絞り出し、「変わるな……」と変身に抗おうとしていた。

けれども願い虚しく、呼吸の乱れがピタリと収まれば、いつものように狼化してしまう。

「お前か。また俺に襲われに来たんだな？」

そう言って蠱惑的に前髪をかき上げ、ニヤリとした彼と対峙しながら、私は冷静に腕時計を確認する。

先週の治療では、初めて変身時間が一分を切り、ふたりで祝杯をあげた。

今日は五十秒……いや、三十秒を切るつもりで、強気にいかせてもらいます。

正気の時の彼は、私の服装を照れながら褒めてくれたのに、変身した彼は「脱がせにくい服は着るな」と文句を言ってくる。

襟元に伸ばされた手を払い落とした私は、ズイッと前に出て、彼の頬を両手で挟み引き寄せた。

「キスしてほしいのか？」と勘違いする彼に、頭突きを一発お見舞いして怯ませてから、「久瀬さん、一大事です」と真顔で話しかけた。

「望月フーズの長野さんから連絡がありまして、人気カップ麺、キングラーメンシリーズの容器を、紙製に変える検討をしていると言われました」

最近、プラスチック製品の環境への影響が、世界的に問題視されている。

望月フーズは国内食品メーカーの頂点に立つ大企業として、環境問題にも積極的に取り組もうとしているそうだ。

プラスチック容器から、紙容器への転換。

もちろんコストや性能が見合うものでなければならないが、まずはうちの会社にプランニングを依頼し、その結果をみて紙容器への転換を考えたいのだという。

それはうちの会社にとってありがたい、大きな依頼である。

張り切ってその仕事を受けた私は、望月フーズ本社に伺う日時を、長野さんと相談しようとしたのだが……。

久瀬さんは私にぶつけられた額をさすりつつ、「へぇ、それで？」と続きを促す。

それは適当な言い方で、今の彼には、久瀬さん本来の真面目な意識が少しも浮上していないように感じられた。

唇をなまめかしく舐める彼に、私は深刻そうな表情を作って訴える。

「ひとつ問題が発生しました。仕事の依頼は大変ありがたいのですが、最初の商談の場に高級料亭を指定してきたんです」

望月フーズの長野さんといえば、私がミスをして久瀬さんとお詫びに行った時に、食事の要求をしてきた人だ。

老舗ホテル内の有名寿司店で大食いぶりを見せつけられ、驚いたのはまだ記憶に新しい。

あれに味をしめたのか、次の仕事が欲しければ高額接待をしろと言わんばかりの電話で、私は呆れてしまった。

コラーゲンたっぷりのスッポン鍋を食べてみたいと言われたら、『どこの奥様ですか』とツッコミを入れたくなってしまう。

その連絡が来たのは昨日の午後のことで、その時、久瀬さんは席を外していた。

そのため、接待の返事をとりあえず保留にして電話を切った後に、私は課長に相談した。『そこまでの対応はできないとはっきり断っていい』と課長が言ったので、月曜日に長野さんに電話をして、そう伝えるつもりである。

解決済みとも言っていい問題であるが、久瀬さんを焦らせて、彼本来の意識を呼び戻すために、一大事だと誇張して話していた。

すると狙い通りに彼が、やけに色気のある目をしながらも、真面目に悩み始める。

「スッポン料理が名物の料亭は、祖父の行きつけリストに一軒入っていたな。祖父のツケにすることもできるが、毎度要求されては困る。今後のことを考えれば断るべきか……いやしかし、今回は随分と大きな依頼を持ってきてくれたし、スッポン鍋くらい……」

ブツブツと言いつつ、久瀬さんの手は女性を求めて、私に伸ばされる。

その手を、先ほどのように払い落とそうとしたのだが、今度は捕まってしまい、抱きしめられた。

彼の右手は服の上から私のブラホックを外そうとし、左手はワンピースのスカートをたくし上げようとしている。

「スッポン鍋か。スッポン、スッポン……スッポンポン。お前の服を、全部脱がせたい」

真面目な方の意識と狼化している彼の意識が入り混じっているのは確かで、今はまだ狼の方が優勢であるようだ。

『久瀬さん、負けないで』と私は心の中で応援しつつ、真面目な方の彼に向けて、早口で話し続ける。

「久瀬さん、ふざけている場合じゃないです。これは由々しき事態なんですよ。指定された料亭のスッポン鍋の値段は一人前、一万円からとなっていました。大食漢の長野さんなら、五人前はペロリです。それだけじゃなく、普段口にできない珍しいメニューを、片っ端から注文するに違いありません。遠慮してくれない人ですから」

「確かにそうだな。あまりに高額では、もし祖父のツケにできなかった場合に困る。経費で落とすのも難しそうだ。やはり断ろう」

久瀬さんが、仕事モードの顔つきになっていく。

それを見て、真面目な彼の意識の方が、強く出てきたかと喜んだのだが……。

「長野さんを不愉快にさせないよう、断り方は検討しないとならないな。大事な顧客である望月フーズは——」

そう言って言葉を切った彼は、なぜか「モチヅキ?」と初めて聞いた単語であるかのように目を瞬かせている。

「モチヅキとは……なんだろう。モチモチしてうまそうな響きだな。ああ、奈々子の尻の感触もモチモチだ。なんて気持ちがいいんだ。もっと触りたいから、早くスッポンポンにしないと」

ああっ、真面目な彼が引っ込んで、また狼の意識の方が強くなっちゃった。

「久瀬さん、スッポンと望月フーズです。スッポンポンでもモチモチでもないですよ。この問題で、悩んで焦って、早くもとに戻ってください！」

私だって必死に闘っている。

いつものように尻や胸をまさぐられ、甘い声をあげそうになるのをグッとこらえて、どうしても速まる鼓動と、流されてみたくなる誘惑に抗っているのだ。

私が負けてしまっては治療にならないから、彼の胸を両手で押して、離れようともがいていた。

けれども当然のことながら、彼の方が遥かに力が強いので、抱擁を解くことはできず、なまめかしい唇が、私の唇をめがけて距離を詰めてくる。

唇が触れ合うまで、あと三センチ。

久瀬さんが好きだからキスしたいという気持ちが湧いてしまうけど、『偽恋人の分際で厚かましい』と自分を叱りつけ、彼の唇から顔を背けて叫ぶように言った。

「スッポン鍋、どうしますか？　長野さんを怒らせて望月フーズから依頼がなくなれば、うちの課の損失は年間一千万円ですよ！」

実際はそれほど高額ではなく、長野さんひとりにそこまでの決定権があるとも思えないけれど、大げさなことを言って久瀬さんを慌てさせようとしていた。

唇の距離は、わずか一センチまで近づいている。

そこでピタリと止まった彼は、眉間に深い皺を刻んで、「俺がなんとかしないと……」と呟いた。

その直後に「うっ」と低く呻き、私を離してよろよろと後ずさる。

マンションの壁に背を預けた彼は苦しげに呼吸を乱しており、五秒ほどしてそれがおさまった。

「戻った……」

疲労している彼に、「お疲れ様です」と労いの言葉をかけた私は、すぐに腕時計を確認する。

今回の変身時間は、一分十四秒。

ああ……残念。前回は一分を切ったのに、今は戻るのが遅かった。

その結果を彼に伝えれば、「なかなか縮められないな」と残念そうにため息をついている。

「そうですね……」

順調だったのは、約三分だった変身時間を、二分に縮めるまでの間である。

一分台に突入してからは、目覚ましい短縮は見られず、遅々とした成果しか得ることができずにいた。

まるでダイエットみたい……と、グッタリしている彼を見ながら、私は考える。

最初はグングン体重が落ちても、途中からは体重計が壊れてしまったのかと思うほどに減らない停滞期というものがやってくる。

努力が成果に結びつかないこの期間、モチベーションを保つのが難しく、ダイエットをやめてしまいたいと思うほどにつらい。

きっと久瀬さんも、そのような苦しみを感じているのではないかと推測し、同情を寄せていた。

どうしよう……仕事ネタも尽きてきたし、ここらでなにか、新しい作戦に切り替えた方がいいのかもしれない。

そうすれば久瀬さんも、治そうという前向きな気持ちを維持しやすいだろうし……。

それから私たちは予約したカジュアルフレンチの店に入った。

服についたポン酢のシミは、濡らしたハンカチで拭き取ればそれほど目立たず、このままで大丈夫だと思うことにする。

レンガと白壁の店内は、お洒落で素朴な味わいがあり、落ち着けそうだ。

テーブル席の間にイミテーションの蔦《つた》を這わせたつい立てがあるので、半個室の雰囲気があって会話がしやすそうでもある。

食べたいものをそれぞれ単品で注文した私たちは、まずは飲み物で乾杯する。

久瀬さんはグラスの赤ワインで、私はワインベースのカクテルだ。

料理が運ばれてくるまでの話題として持ち出したのは、新しい作戦への切り替えについてである。

「仕事の話で焦らせる方法だと、一分までの短縮が限界なのかもしれません。別の方法を試してみたいです」

他の客に声が届かないようヒソヒソと話せば、彼はワイングラスを置いて、「どんな方法?」と前向きな興味を示した。

「すみません、具体的なことまでは、まだ……」

期待させてしまったことに肩をすくませて謝れば、彼は首を横に振って、気遣い溢れる言葉をかけてくれる。

「医者でも匙《さじ》を投げたのに、ここまで改善したんだ。奈々子には感謝してるよ。今後は劇的な成果を期待せず、のんびりとした気持ちでやっていけばいいさ」

木目のテーブル上で重ねられた、大きく温かな手と、優しい微笑み。

私の気持ちを楽にしようという思いやりに胸が熱くなり、かえって私は奮い立った。

こんなに素敵な人が、ポン酢で不自由な人生を送っているなんて、あまりにも気の毒だ。なんとしても私が、効果的な新しい治療法を考えなければ！

そのためには、なにかヒントになる情報が欲しいよね……。

しばらく悩んでいると、料理が次々と運ばれてきた。

久瀬さんは三種盛り合わせの前菜とスープ、魚料理を、コースのように組み立てた注文をしていたが、私は肉料理しか頼んでいない。

チキンのマスタード焼きに、子羊背肉のロティ、特選牛フィレ肉のグリエ、トリュフソースがけが、数分差でドンと目の前に出される。

「美味しいです。涙が出そうなほど美味しいです」

友達と外食するとすれば、焼肉や焼き鳥屋、肉料理のメニューが豊富な安居酒屋がほとんどで、こういう洒落た店は選ばない。

従ってセレブ感の漂うフランス料理も滅多に口にできないので、夢中になって頬張り、マナーや優雅さなんて気にしてはいられなかった。

肉にがっつく私を見ても、久瀬さんは引いたりしない。「いつ見ても、気持ちのいい食べっぷりだな」と目を細めて、楽しげに笑うだけである。

そういう寛大なところも大好きだと、彼の笑顔にときめきながら、私は料理の三分の二ほどをたちまち胃袋に詰めてしまった。

満足感を得たら、あとはゆっくり楽しもうと、いったんカトラリーを置く。

新たな治療法について考えていたことは、忘れていない。

ナプキンで口元についたソースを拭いつつ、上品に魚料理を食べる彼に話しかける。

「久瀬さん、そういえば変身体質が始まったのって、十二歳の時だと言ってましたよね」

会議室で初めて変身する様子を見た後に、正気に戻った彼が確か、そう言っていた。

「なにかきっかけのようなものが、あったんですか？」と、治療に繋がるヒントを求めて問いかければ、オマール海老に向けられていた久瀬さんのフォークが止まった。

「あると言えば、あるが……」

言いにくそうな顔をする彼の視線は、記憶の中を彷徨《さまよ》っているかのように左右に揺れて、私のカクテルグラスで止まった。

「そのカクテル、赤ワインをコーラで割ったものだよな?」

「はい。カリモーチョという名前です。美味しいですよ」

私は飲むより、たくさん食べたいタイプなので、友達と飲みに出かけても、カクテルを一、二杯しか頼まない。

酔ってしまえば、料理の味がわからなくなりそうで、もったいないという気持ちもある。

メニュー表を見た時、最初は赤ワインをジンジャーエールで割ったキティという有名なカクテルを頼もうと思ったのだが、その下に書かれていたカリモーチョという初めて見る名前が気になった。

コーラと赤ワインという組み合わせに興味をそそられ、怖いもの見たさのような気持ちで注文したのだが、飲んでみると違和感は一切なく普通に美味しかった。

さっぱりとした清涼感があり、甘すぎないから肉料理にも合う。

久瀬さんがなぜ今、このカクテルについて尋ねたのか……。

『飲んでみますか?』とグラスを勧めたいところだが、もしかして話をはぐらかそうとしているのではないかと思い、じっと無言で彼を見る。

変身体質になってしまったきっかけは、言いたくないなら無理に聞き出すまではしないが、できれば教えてほしい。

新たな治療法のヒントが、隠されているかもしれないと思うからだ。

久瀬さんは、グラスの中でわずかに炭酸の気泡を上らせる、濃い赤紫色の液体を見つめていた。

話を逸らさないで……という願いを込めて、彼が口を開くのを待つ。

数秒して私に視線を戻した彼は、フッと笑って話しだす。

それによると、どうやら、ごまかそうとしたわけではないとわかった。

「コーラ、昔は好きでよく飲んでいたんだ。それが……ポン酢のように変身はしなくても、苦手な飲み物になってしまった。子供の頃は心的ダメージへの対処や、感情のコントロールがうまくできなかったからな」

「きっかけを、話してくれるんですね……？」

「話すよ。奈々子には聞いてほしい。少し長くなるけど――」

久瀬さんは子供の頃、宮永《みやなが》さんという一家と、家族ぐるみの親しい付き合いをしていたそうだ。

母親同士が幼馴染ということで、お互いの家を行き来し、レジャーや旅行にも一緒に出かけていたのだという。

久瀬さんが小学校六年生、十二歳の夏休み。彼と母親は、軽井沢《かるいざわ》にある宮永家の別荘に招かれ、一週間ほど滞在した。

久瀬さんに兄弟はいないので、宮永家の子供たちと交流することは、彼にとって嬉しいことであった。

宮永家の子供は、都内の由緒正しき女学院に通う十七歳の長女、小百合《さゆり》さんと、弟の中学一年生、十三歳の幸秀《ゆきひで》くん。

小百合さんは美人で優しく、久瀬さんを弟のように可愛がってくれたため、思春期に突入していた彼は、密かに憧れの気持ちを抱いていたそうだ。

一方、ひとつ年上の幸秀くんは、よき遊び相手……というよりは、遊ばれていたのだという。

幸秀くんはかなりのいたずらっ子で、夏休みの宿題に落書きされたり、机の引き出しを開けたら蛙が飛び出してきたりと、日々なにかしら困らされていた。

けれども迷惑とまでは思うことなく、幸秀くんと過ごすその夏を、久瀬さんも楽しもうと考えていた。

ところが……緑溢れる軽井沢で過ごす滞在最終日に、それは起きた。

別荘の庭にはテニスコートがあり、久瀬さんと幸秀くんは朝からテニスをして遊んでいた。

時刻が十時を過ぎれば日差しが強烈になり、「家に入ろうぜ」と幸秀くんが言いだし、久瀬さんはテニスラケットを置いた。

日焼けした顔の幸秀くんが、「隆広」と久瀬さんを呼ぶ。

「裏の勝手口から戻ろう」

「どうして?」

「今日は母さんとなるべく顔を合わせたくない。今朝、宿題が終わっていないことで喧嘩したんだよ」

「ふーん」と返事をした久瀬さんは、正面玄関へ向けていた爪先を、勝手口の方へ変えた。

母親たちはきっとリビングで、お茶を飲みながら雑談していることだろう。

正面玄関から入ってもリビングを通らず、二階の子供部屋へ行けばいいのにと思ったが、反論するほどのことでもないと、幸秀くんに従う。

彼と並んで歩き、勝手口から建物内に入れば、そこは八畳ほどの広さの洋風キッチンだ。「喉が渇いたな」と言って、幸秀くんはすぐに冷蔵庫を開けている。

取り出したのは、コーラの五百ミリリットルのペットボトルである。

「俺の分もある？」と久瀬さんが聞けば、冷蔵庫の扉を閉めた幸秀くんは、「ない。これ一本だけ」とニヤリとして答えた。

「じゃあ麦茶でいいや」

本当はコーラを飲みたい気分であったのだが、こういうのは早い者勝ちだと、久瀬さんは諦めた。半分ちょうだいと言ったところで、幸秀くんがくれるはずがない。

彼は少し意地悪なところがある。

喧嘩をしてまでコーラを分けてほしいと要求する気はなかった。

けれども、「半分やるよ」という思いがけない優しい言葉を、幸秀くんから聞く。

彼はグラスをふたつ持ってきて、コーラを半分ずつ注ぎ、「ありがとう」と喜ぶ久瀬さんにそれを渡した。

その時、久瀬さんは、ふと疑問を感じた。

今開けたばかりにしては、炭酸の気泡が控えめである。

コップに注いでから一時間ほど放置していたような、炭酸の具合なのだ。

不思議に思い、「これって——」と問いかけようとした久瀬さんであったが、それを遮るようにして幸秀くんが言った。

「一気飲みの競争しようぜ。負けた方は、俺の宿題、全部やること」

「は……?」

久瀬さんの通っていた私立の名門小学校は、成績によってクラス分けされており、久瀬さんは一番上のA組であった。

学力において優秀な子供ばかりなので、授業は中学で習う範囲まで進んでいた。

ひとつ年上の幸秀くんの宿題も、やろうと思えばできるだろう。

だが、一気飲みに負けた方が彼の宿題をやるという約束は、理不尽でフェアじゃなく、納得いかない。

「なんだよ、それ!」

そんな約束の勝負はしないと言おうとした久瀬さんだが、幸秀くんの「よーい、スタート」の声が先にかかってしまった。

グラスを口に当てた彼を見て、久瀬さんは慌てた。

勝負を終えてから、やらないつもりだったと言っても、彼は聞き入れないだろう。

負ければ本当に宿題をやらされる……その焦りで久瀬さんは、急いでグラスの中の液体を喉に流し込んだのだ。

すると……激しくむせ、三分の二ほど中身の残ったグラスを落として割ってしまった。

その原因は、強い酸味と塩辛さだ。

飲まされたのはコーラではなく、ポン酢の炭酸水割りであった。

コーラに見せかけるための炭酸水はごく少量で、原液と大して変わらない味であったらしい。

幸秀くんはグラスを口に当てただけでひと口も飲んでおらず、いたずら成功とばかりに腹を抱えて大笑いしている。

喉を押さえて苦しむ久瀬さんが、「水！」と叫んで水道に駆け寄ろうとすれば、幸秀くんが両腕を広げて立ち塞《ふさ》がった。

「ここの水を飲みたければ、俺の宿題やるって言えよ」

「意地悪するなよ！」

「隆広は真面目だから、からかいたくなるんだよな。とにかくここの水はダメ。洗面所ならいいよ」

ニヤニヤしているその顔は、まだなにかを企んでいそうな雰囲気であった。

けれども、久瀬さんはまだむせ込んでいて、一刻も早く喉の内側を水で洗い流したいと、それだけしか考えられず、キッチンを飛び出した。

廊下に出て、すぐ隣が洗面所と浴室に繋がるドアである。

このドアの鍵が一昨日、壊れてしまったのだが、まだ修理業者は来ていない。

誰かが入浴中に開けられると脱衣所が丸見えになってしまうため、宮永家の母親が使用中と書いた札を手作りし、ドアにかけておく約束になっていた。

その札は、かかっていなかった。

無人だと思った久瀬さんは、ドアを開けて中に飛び込み、幸秀くんの第二の罠《わな》にまんまとはまってしまう。

「キャア!」という若い女性の声があがる脱衣所には、小百合さんがいて、シャワーを浴びて出てきたばかりの様子であった。

彼女はバスタオルに伸ばした手を宙に止め、驚いた顔を久瀬さんに向けている。

水滴のしたたる白い肌。

柔らかそうな双丘に、張りのある尻と、滑らかな曲線で繋がるボディライン。

美人で優しい憧れのお姉さんの裸体に、久瀬さんは目を見開き、心臓を爆発しそうに跳ねさせた。

小百合さんよりも、彼の方が驚いていたに違いない。

初めて見る若い女性の裸は、衝撃的なまでに美しく、なまめかしく、扇情的《せんじょう》で、思春期に入ったばかりの久瀬さんの心に強烈な欲情を沸き上がらせたのだ。

彼の口内には、まだはっきりとポン酢の味が残っていた。

これが、ポン酢と性的興奮が結びついてしまった瞬間であった――。


グラスのワインをひと口飲んだ久瀬さんは、「あの後、俺は気を失って、その場で倒れたらしい」と言った。

その声には疲労が感じられ、苦いものを飲んでしまったかのように顔をしかめている。

まだ話は終わっていないようなので、私は口を挟まず、真剣に続きを聞こうと背筋を伸ばしている。

ポン酢による変身体質のきっかけを話してくれるのは、私を信頼してくれてのことだろう。

それは嬉しいが、苦しげな彼の顔を見ていると、喜ぶことはできなかった。

久瀬さんは小さなため息をついてから、続きを話す。

「使用中の札を外したのも、幸秀だった」

庭でのテニス中に、トイレへ行くと言っていったん建物内に戻った幸秀くんは、小百合さんがシャワーを浴びていることを知り、いたずらを企てたそうだ。

「幸秀は、俺にしたことの全てが母親にバレて、随分と叱られていたな……」

久瀬さんが意識を取り戻した後に、幸秀くんは謝ってくれて、久瀬さんは彼を許した。

けれども心の中には、わだかまりのような不信感が残ってしまったという。

小百合さんには久瀬さんから謝ったのだが、彼女は怒らず、逆に弟が迷惑をかけたと申し訳なさそうにしていたらしい。

幸秀くんに対する苦手意識と、小百合さんへの気まずさ。

それらによって久瀬さんは、今までのように宮永さん一家と親しく付き合うことができなくなってしまったそうだ。

母親同士は今でも時々、一緒に食事に出かける親しい友人として付き合っているようだが、子供同士の交流は一切ないという話であった。

「どう?」と彼は問いかけてくる。

今の話の中に、新しい治療法のヒントがあったかを聞いているのだろう。

若干、表情が硬いところを見ると、私が引いていないか心配でもあるようだ。

引くことはないが、幸秀くんという少年に対し、怒りは感じている。

彼としては、ただのいたずらだったかもしれないけど、そのせいで久瀬さんは大人になった今でもポン酢に苦しめられ、窮屈《きゅうくつ》な生活を送っているのだ。

久瀬さんの大変さを理解している私には、子供のやったことだから……と幸秀くんを許すことができなかった。

小百合さんに関しては、いい人でよかったけれど、久瀬さんの憧れだったという部分には嫉妬してしまう。

やっぱり久瀬さんも、美人が好きなんだ……。ということは、この偽恋人関係を本物にできる日は来ないのだろう……と自分の平凡な容姿を嘆いていた。

その気持ちを隠して、まだ皿に三分の一ほど残っている肉料理にフォークを突き刺した私は、「ヒント、見つけましたよ」と努めて明るい声で言う。

「久瀬さん、小百合さんに会いに行ってはどうですか?」

ポン酢によって引き起こされていた、異性への興奮と欲情は、小百合さんが原因であった。

彼女の裸体はトラウマになるほど美しかったようだけど、それは十二歳の、思春期の少年の目を通してのものである。

大人の今の久瀬さんなら、もし同じ状況になったとしても、そこまで興奮することはないだろう。

久瀬さんより五歳年上という小百合さんは、現在、三十三歳だ。

彼女自身も年齢を重ねたことで、十七歳の時とは印象が変わっているはずである。肌のみずみずしさや張りは失われ、もしかすると太っていたり、逆に生活に疲れてやつれた見た目になっているかもしれない。

そうであったら、しめたもの。

十六年ぶりに小百合さんに会った久瀬さんが、『あれ、そんなに綺麗でもないな』とがっかりしてくれたら……と、失礼な期待をしていた。

彼女への新しいイメージと感情が、過去の想い出に上書きされることによって、ポン酢と性的興奮の間にある繋がりを断ち切ることができるのではないかと考えたのだ。

真面目に考えたその治療法を話せば、久瀬さんは渋い顔をした。

「理論としては成立する気はするが、そんなにうまくいくだろうか?」と疑問を呈した彼は、私に真顔を向けて諭すように言う。

「俺は女性の容姿に優劣をつけたり、差別したことがない。今の小百合さんがどんなふうに変わっているかはわからないが、がっかりすることはないと思うんだ」

「あ……そうですよね。すみません……」

唇を噛んだ私は、久瀬さんに失礼なことを言ったと気づいて反省していた。

事業部は総勢百五十人ほどの大所帯だ。美人には過剰なほどに親切で、私のように平凡な容姿の者には冷たい態度を取る男性社員が、残念ながらいる。

久瀬さんはそういう人とは違い、誰に対しても誠実で紳士的である。

そんな彼をすぐそばで見てきたというのに、現在の小百合さんにがっかりしてほしいなど、浅はかな考えであった。

謝って俯いた私が、すっかり冷めてしまったチキンをモソモソと口に運んでいたら、思いがけない言葉を聞いた。

「会いに行こうか」

「え……?」

驚いて久瀬さんを見れば、彼はテーブルの上に組んだ両手をのせ、爽やかに微笑んでいる。

私の提案は却下の流れだったはずなのに、どうしてそんなことを言うのだろう。

不思議に思う私に、彼は穏やかな声で言う。

「あの出来事があって、俺は逃げるように宮永家との関係を切った。世話になったのに、失礼なことをしたと気に病んではいたんだ。治療法としてはどうかと思うが、小百合さんには会いたい。疎遠にしていたことを詫びに行くよ」

「そう、ですか……」

心がチクリと痛み、私はぎこちない笑みを向ける。

現在の小百合さんにがっかりするような展開を期待していた先ほどとは、真逆の気持ちになっている。

会いに行ったことで子供の頃に抱いていた憧れの気持ちが蘇り、久瀬さんと小百合さんが恋愛関係になったらどうしよう……。

それは嫌だと不安に襲われたが、同時に自分を非難する。

私はいつから自分の利益ばかりを考える嫌な女になってしまったの？

久瀬さんは、宮永家から一方的に距離を置いたことを気に病んでいたそうだし、小百合さんに会いに行って心が軽くなるのはいいことだ。

それがきっかけで、久瀬さんが彼女に恋愛感情を抱いたとしても、私には止める権利はなく、なにも悪いことではないのに……。

もしかすると偽恋人関係は、彼の変身体質が治る前に、終わってしまうかもしれない。小百合さんという、本物の恋人ができることによって。

そんなことを考えて寂しさに襲われたが、笑顔を崩さずに、「ぜひ行ってきてください」と明るい声で言った。

すると頷いた彼に、「奈々子も一緒に行こう」と誘われた。

「私も、ですか……?」

治療目的ならいざ知らず、ただ懐かしい知り合いに会いに行くだけで、私が同行するのはおかしい気がする。

首を傾げていると、久瀬さんがテーブルの上で右手を伸ばし、私の左手を取った。チキンを刺したフォークごと持ち上げられて、軽く引き寄せられる。

久瀬さんがなにをしようとしているのかがわからず目を瞬かせていたら、彼が私のフォークにパクリと食いついたから驚いた。

いたずらめかした調子で「うまい」と笑った彼は、それから目を細めて私を見る。

「奈々子が食べているものの味を知りたくなったんだ。同じものを見て、食べて、笑い合いたい。小百合さんは数年前に結婚したと母から聞いている。確か今は北海道《ほっかいどう》に住んでいるはずだ。住所と連絡先も、母に聞けばわかるだろう。奈々子、一緒に行こう。旅行を兼ねて」

く、久瀬さんに、旅行に誘われた……。

目を丸くして驚いた後は、喜びに鼓動が速度を上げていく。

偽恋人なのに、そんな贅沢な幸せをもらっても、いいんですか……？

「行きます。絶対に行きます！」

頭の中には早くも、北海道らしい緑豊かな大平原が広がり、久瀬さんと楽しく観光している自分を思い描いている。

旅行に誘ってくれたということは、彼の中で私は、ただの会社の後輩以上の存在に違いない。

もしかすると、私のことを好きになりかけていたりして……。

都合のいい妄想が膨らんで、『そんなわけないでしょ』とツッコミを入れる自分と、『奇跡が起きるかも』と期待する自分が、心の中でせめぎ合う。

興奮して顔を熱くする私は、残そうと思っていた付け合わせのクレソンとラディッシュを無意識に頬張って、「美味しい」と口走っていた。

「へぇ、野菜も美味しく食べられるのか」

私の新たな一面を見たと言いたげに、久瀬さんは眉を上げる。

それから、「北海道は遠い。泊まりがけだな」とサラリと言って、さらに私を火照らせるのであった。

それから十日ほどが過ぎた休日、一泊分の荷物を入れた旅行バッグを手に、私は北の大地に降り立った。

ゴールデンウィークの中ほどであるため、新千歳《しんちとせ》空港は混雑しており、到着口を出て通路を歩いていた私は、前から来た人にぶつかりそうになる。

すると久瀬さんが私の腰を引き寄せるようにして、衝突を避けてくれた。

「気をつけて」と爽やかに微笑む彼に、頬が熱くなる。

どうしよう……照れくさくて、にやけてしまいそう。

初《しょ》っ端《ぱな》からこんなに胸が高鳴って、私の心臓が帰るまで持つだろうか……と心配になる。

空港のターミナルビルから直結のＪＲの駅に移動し、快速エアポートに乗車しておよそ四十分。札幌《さっぽろ》駅に到着する。

そこから地下鉄に乗り換え、小百合さんの自宅がある最寄駅で下車した。

久瀬さんが母親から小百合さんの連絡先を聞いて電話したところ、懐かしがってぜひ会いに来てほしいと喜んでくれたそうだ。

小百合さんは女の子を半年ほど前に出産したそうで、『出産のお祝いを……』という名目での訪問である。

赤ちゃんがいるため場所は自宅がいいというので、教えてもらった住所に向かっていた。

　地下鉄の出口から地上に出れば、澄み渡る水色の空が広がり、東京よりも日差しは柔らかく、実に過ごしやすい気候である。

　街路樹の桜がちょうど満開で、私の無地のワンピースや久瀬さんのお洒落なライトグレーのジャケットを、風に舞う薄紅色の花びらが飾ってくれた。

　桜に見惚れて歩いていた私であったが、「あっ」と声をあげて足を止めた。

　片道二車線の道路の向こう側に、そそられる看板を見つけ、指をさす。

「久瀬さん、ジンギスカンのお店がありますよ。北海道に来たからには、ジンギスカンを食べないといけないですよね」

「そうだな」と笑いながら頷いてくれた彼だが、「今、食べるわけにいかないよ。約束の十四時まで、あと十分ほどだ」とたしなめられてしまう。

　それなら、小百合さんの自宅を出た後にと思ったが、一泊二食付きの温泉宿を予約しているため、ジンギスカンを食べれば宿の夕食が入らなくなってしまうことだろう。

「わかりました」と納得して足を前に進めつつも、後ろ髪を引かれる思いでジンギスカン屋を振り返ってしまったら、久瀬さんの大きな手が私の頭を撫でた。

隣を仰ぎ見れば、眩しげに目を細めた彼がクスリと笑っている。

「明日の昼食はジンギスカンにしよう。実は、評判のいい店を調べてあるんだ。他にも肉料理の名店をいくつかピックアップしてきたから、宿に着いたら相談しよう」

北海道といえば海鮮系のイメージが強いのに、久瀬さんは私に合わせて肉料理の店を調べてくれたみたい。

「はい!」と張り切って返事をした後は、私を喜ばせようとしてくれる彼の気持ちが嬉しくて、胸が熱くなる。

本物の恋人みたいに大事にされてる……。

うっかりそう感じてしまった私は、バッグを持っていない方の手を彼へと、そっと伸ばす。

今なら手を繋いでも、許される気がしたのだ。

けれども指先が彼の手を掠めたら、急に恥ずかしくなり、慌てて引っ込めた。

偽恋人の分際で、なにを調子に乗っているのよ。

手を繋ぎたいなんて言ったら、久瀬さんを困らせるだけなのに……。

やましい気持ちをごまかすために、私は目を逸らして別の話題を探す。

「札幌って、東京と変わらないほどに栄えていますね。中心部だけでしょうか？　郊外に行けば、牧場とか大自然が……えっ⁉」

驚いて自分の手に視線を落とせば、久瀬さんに握られていた。

沸騰しそうなほどに火照る顔を隣に向けると、彼が苦笑いしている。

「そんなに赤面されたら、照れくさいな。離した方がいい？」

「いえ、繋いでいたいです……」

正直な希望を伝え、さらに鼓動を速めたら、握られている手に心地よい力が加わった。

「小さな手。柔らかくて気持ちがいい。離したくなくなりそうだ」

私を見ずにそう言った彼の頬が、うっすらと赤く色づく。

久瀬さん……照れながら、甘い台詞を言うのはやめてください。

私をキュン死させる気ですか……。

心臓が壊れそうだという心配は、旅行が終わるまでではなく、今日一日もたないのではないかというものに変わっていた。

幸せな戸惑いを抱え、久瀬さんと手を繋いで歩くこと五分ほど。

小百合さんの自宅のあるマンション前に到着した。

十五階ほどの高さのマンションは、外壁に目立った汚れはなく、築年数が新しそうに見える。

シックでモダンなエントランスを潜り、オートロックの自動扉の横で部屋番号を押せば、すぐに応答があった。

《隆広くん、いらっしゃい。どうぞ上がって》

声の雰囲気からは、可愛らしくおっとりした女性といった印象を受ける。

エレベーターに乗って最上階で降り、突き当たりのドアへ。

私たちがインターホンを鳴らす前に、赤ちゃんを抱いた小百合さんが出迎えてくれて、久瀬さんと彼女は十六年ぶりの再会を果たした。

「小百合さん、お久しぶりです。本日は都合をつけてくれて、ありがとうございます」と久瀬さんが挨拶し、「こちらは相田奈々子さん。社の後輩です」と私を紹介してくれた。

私は緊張しながら、頭を下げる。

「久瀬さんにお世話になっています。今日は一緒についてきてしまいまして、すみません」

すると彼女はウフフと笑う。

「奈々子さん、歓迎するわ。隆広くんは大人になったのね。丁寧な挨拶をされるとおかしな感じがするわ。どうかあの頃と同じようにしていて。さあ、ふたりとも、どうぞ中へ」

大理石張りの玄関は広々として、プリザーブドフラワーの素敵なオブジェが壁に飾られている。

なぜかマーライオンの石膏像《せっこうぞう》や、外国の民芸品のような置物も並んでいて、それらに視線を止めていると、小百合さんが説明してくれる。

「主人が観光に関わる事業を展開しているの。海外に行けば、もらったり買ったりして帰るから、飾る場所に困るわ。北海道のリゾート開発もしているのよ。今日はあいにく仕事で不在なの。紹介したかったけど、ごめんなさいね」

ということは、どうやら小百合さんは社長夫人らしい。

久瀬さんは天下の菱丸商事の会長の孫であり、御曹司だ。その久瀬家と親交が厚い宮永家も、軽井沢に別荘を持てるほどなのだから、資産家だと思われる。

いいところのお嬢様であった小百合さんは、観光業の社長と結婚して、今もセレブというわけだ。

白いVネックのニットと、紺色のスリムパンツというラフな服装の彼女だが、動作や話し方に品があって優雅さを感じる。優しげな雰囲気があり、丸い輪郭と少々垂れた目元が可愛らしく、実年齢より五歳ほど若く見えた。

素敵な人……。

ほんの少し話しただけで、魅力を感じた私は、もやもやとした不安に襲われる。

子供の頃に久瀬さんが憧れたのが、よくわかる。

見た目も性格も生まれ育ちも、なにもかもが輝いており、私が逆立ちしたって敵うものはひとつもないだろう。

桜色のベビー服を着た赤ちゃんは、陽奈《ひな》ちゃんというそうだ。

ぷっくりとした頬やむちむちの手が愛らしい陽奈ちゃんも、機嫌よさそうに笑っていて、幸せオーラが漂っている。

きっと小百合さんの母親ぶりも、完璧であるに違いない。

彼女は既婚者であるから、久瀬さんの中に、子供の頃のような恋心が復活することはないと思いたかったけれど……どうだろう。

心配になって彼を見れば、リビングへと先導して廊下を進む小百合さんの背中を、じっと見つめている。その口元は、微かに綻んでいた。

憧れの気持ちを蘇らせているのかな……。

そう感じた私は胸にチクリとした痛みを覚え、心は不安に大きく揺れていた。

広々としたリビングに入れば、そこも高級感があって、L字形の白いソファには、南向きの大きな窓から柔らかな日差しが降り注いでいる。

お土産として持参した洋菓子と出産のお祝いの品を受け取ってもらい、勧められたソファに腰を下ろす。

お茶とケーキを出してくれた小百合さんは、並んで座る私たちの、角を挟んだソファの端に腰掛けた。

久瀬さんと彼女は、お互いの近況を教え合い、子供の頃の思い出話をする。

当たり前のことだが、私の知らない久瀬さんのエピソードが、彼女の口から次々と飛び出して、寂しい気持ちになってしまった。

私は遠慮した方がよかったかな。ここまでついてこないで、近くの喫茶店などで待っていれば傷つかずに済んだかもしれない。

それでも笑顔でふたりの話に相槌《あいづち》を打ち、時々おどけた顔をして、陽奈ちゃんを笑わせる。

後悔や疎外感は、少しも表情に出していないつもりでいた。

それなのに、話の切れ間に小百合さんは、「昔の話ばかりしてごめんなさいね」と私に謝ってくれた。

「いえいえ、おふたりの話を聞くのは楽しいです。私のことはどうか、お気遣いなく」

楽しいというのは嘘だが、気遣われたくないというのは本心である。

久瀬さんは、小百合さんに会いたくて、ここに来た。

ふたりの会話の邪魔をする気はないし、彼の笑顔を壊したくないのだ。

どうぞどうぞと遠慮する私に、小百合さんは好意的な笑みを向けてくれて、それから弾んだ声で言う。

「同僚をひとり連れていくと隆広くんに電話で言われた時、私、ピンときたのよ。おふたりはお付き合いしているのでしょう？　結婚の報告を聞けるのかしらと考えていたわ。どう、当たってる？」

「ええっ!?」

それは深読みしすぎというものだ。

驚いた私は顔を熱くして、「違います」と否定したが、久瀬さんの腕が私の肩に回され引き寄せられた。

目を丸くする私の耳元で、響きのよい誠実な声がする。

「結婚はまだです。でも、恋人なのはその通りです」

「く、久瀬さん」

また、〝偽〟が抜けてますよ……。

チラリと私に流された視線に色気を感じて、鼓動が高まる。

小百合さんの勘違いだと言えば、ただの会社の後輩をなぜ北海道にまで連れてきたのかと不思議に思われる。だから久瀬さんは、恋人だと言ったのだろう。

それはわかっていても、憧れていた女性に向け、私のことを恋人だと紹介してもらえたことは舞い上がるほどに嬉しい。

我ながら単純だと思うけれど、久瀬さんの恋心が復活するのではないかという不安や、ふたりの思い出話に入れない寂しさは、綺麗さっぱり消し飛んだ。

偽恋人の分際で、のぼせそうなひと時の幸せを味わわせてもらう。

「恥ずかしくてどんな顔をしていいのか……」ともじもじすれば、ふたりに笑われた。

すると、急に陽奈ちゃんが大きな声で泣き出した。

「大声で笑ったから驚かせてしまった？　すみません」と謝る久瀬さんに、小百合さんは立ち上がって「違うのよ」と言う。

壁際に置かれているベビーベッドに陽奈ちゃんを寝かせた彼女は、「そろそろお腹が空く時間なの」とテキパキと動き出す。

オムツを取り替えて、手を洗い、陽奈ちゃんを抱いて再びソファに戻ってくると、ここで授乳すると言う。

慌てたのは久瀬さんで、「俺たちはこれで失礼します」と帰ろうとしたのだが、小百合さんに引き止められた。

「まだたったの二十分ほどよ。もう少し、お話ししたいわ」

「いや、でも、男の俺がここにいては――」

「これがあるから大丈夫よ」

小百合さんはそう言って、薄い布を広げて頭からすっぽりと被った。

それは授乳ケープというもので、人に見られずにおっぱいをあげられる、外出時のお役立ちアイテムである。

「隆広くんの照れ屋さんは、変わっていないのね」

おかしそうに笑う小百合さんは、ケープの中に陽奈ちゃんを入れると、ゴソゴソと胸元を探っている。

それまでむずがっていた陽奈ちゃんが、ピタリと泣きやんだので、おっぱいを吸い始めたのだとわかった。

「ね、大丈夫でしょう？」

「そ、そうですね……」

見えなくても、こんなに近くで胸をはだけさせていると思えば、男性である久瀬さんは恥ずかしさを拭えないようである。

おそらく小百合さんは、久瀬さんに対して、弟のような感覚を今も持ち続けているのだろう。

成長して大人になったとわかっていても、彼女の中にいる久瀬さんのイメージは、家族のように親しい付き合いをしていた小学生の少年のまま。

だからこうして、無防備な姿を見せてしまえるのだと、私は考えた。

「隆広くんと奈々子さんは――」

小百合さんは私たちの馴れ初めや、どんなデートをしているのかなどに興味があるようで、楽しそうな顔をして質問を重ねる。

ポン酢変身体質の治療が取り持つ偽恋人だとは言えないため、「特にこれといったきっかけはなく、自然の流れで……」と久瀬さんがごまかした返事をしている。

私は「そうなんです」などと時々口を挟みながら、久瀬さんの横顔を覗き見て、ハラハラしていた。

心なしか、久瀬さんの頬は赤い。

やっぱり授乳しているのだと思えばケープの中が気になるだろうし、頭の中にはあの出来事も蘇っているのではないだろうか。

別荘の洗面脱衣所で見てしまった、十七歳の小百合さんの裸を……。

その時、電話のベルが鳴り響いた。

それはスマホではなく、ドア横の電話台の上にある固定電話だ。

「あら大変」と言った小百合さんは、授乳しながら電話に出るつもりのようである。

ケープにすっぽりと覆われているので見えないが、陽奈ちゃんを左腕に抱き、右手をソファの肘掛けについて、立ち上がろうとしていた。

「大丈夫ですか?」と、陽奈ちゃんを落とすことを私が心配したら……彼女が「あっ」と声をあげた。

ビリッと音がして、ケープが外れてしまったのだ。

被るようにして着用していたが、本来はマジックテープで着脱する仕様のものであったみたい。立ち上がった拍子に合わせ目が引っ張られて、マジックテープが剥がれてしまったようだった。

ケープが床に落ちれば当然のことながら、見えてしまう。

まくりあげた服の下の、白く大きな丸い双丘と、乳首に吸い付いている陽奈ちゃんの口元が……。

「やだもう、私ったら。ちょっと失礼するわね」

小百合さんはそのままの格好で、慌ててリビングから出ていき、どこか別のドアが開閉される音が聞こえた。

突然の出来事に、ただただ驚いていた私だが、電話のベルが鳴りやむと、ハッと我に返って久瀬さんを心配する。

きっと私より、驚いたはず。

小百合さんの裸の胸を、またしても見てしまったのだから。

十七歳の彼女の裸は、子供の頃の心にトラウマとなるほど印象的に焼きついたようだけど、今はどう感じたのか……。

女の私の目から見ても、張りと柔らかさを感じさせる美しい胸であったから、男性である久瀬さんは欲情しないわけにはいかないだろう。

そう予想して、恐る恐る隣を見れば、彼はぼんやりとしていた。

ソファに深く背を預け、テーブル上のコーヒーカップのエレガントな花模様を見つめて、考え事をしているようにも見える。

頬は赤くもなく、呼吸はゆっくりと静かで、興奮している様子は微塵《みじん》もない。

あれ……久瀬さんも今のハプニングを目撃していたはずだよね。

憧れの女性の胸を、再び見てしまったというのに、動揺していないの……？

「久瀬さん……」と呼びかければ、「なに？」と彼は普通の調子で振り向いた。

「あの、平気そうなのが、おかしいと思いまして……」

正直に疑問をぶつけた私に、彼は吹き出した。

「そうだよな。俺もなぜだろうと、そこを考えていた」

別室にいる小百合さんに聞こえないよう、彼は声を落として気持ちを話してくれる。

思いがけず見てしまった彼女の胸に、あの頃と変わらず綺麗だという感想は持ったそうだ。

けれども、思春期の頃と違って、性的な関心は少しも湧かない。

開けっ放しのリビングのドアに視線を向けた彼は、しみじみとした声で言う。

「ただ、幸せそうだなと思ったんだ。それ以上でも、以下でもない。可愛いお子さんが生まれ、守ってくれる伴侶がいて、幸せそうな小百合さんがいる。俺はそれが嬉しい」

優しい瞳と、穏やかな微笑み。

「小百合さんが戻ったら、ここを出ようか」

「はい……」

私に向けるその笑顔には、スッキリとして、なにかが吹っ切れたような清々《すがすが》しさが感じられた。

小百合さんに会いに行くことを提案した時、最初は年齢を重ねた彼女を見てがっかりすればいいと思っていた。

嫉妬や自分の恋を成就させようという野心ではなく、あくまでも、ポン酢変身体質の新たな治療法という意味で。

それは久瀬さんに否定された通り、今の彼女に会っても落胆することはなかったけれど、感情の上書きという点においては、私の狙い通りになった気もする。

ハプニングにも動じず、彼女が幸せそうでよかったと、穏やかな気持ちでいられるようだ。

もしかして……と、私は期待せずにいられない。

ゴクリと唾を飲んだ私は、真顔で彼に提案する。

「久瀬さん、ポン酢を買ってから宿に行きましょうか？」

「治ったと思ってるの？」

「その可能性を感じてます。久瀬さんは、そう思いませんか？」

「どうだろう、わからないな……。試してはみるが、まだ期待しないでおくよ」

ダメだった時に、余計に落ち込むことのないよう、予防線を張った彼。

けれども、その瞳には隠しきれない希望の光が表れていた。


小百合さんの自宅を出た後は、タクシーで五十分ほどかけ、札幌市の南側の山間に位置する定山渓《じょうざんけい》温泉街にやってきた。

宿泊するのは、部屋数が五十ほどの温泉旅館。数年前にオープンしたということで、館内は綺麗で新しいが、ロビーには囲炉裏《いろり》があり、和の風情漂うレトロなオブジェも飾られているため、老舗のような落ち着いた雰囲気がある。

部屋は十畳と六畳の和室ふた間で、久瀬さんと一緒だ。

そのことを、ここに着いてから初めて知って驚いた私だが、ふた部屋取らなかった理由を彼に問えずにいる。

予約する前に、この旅館でいいかという確認はされたけど、細かな宿泊プランなど、その他のことは彼任せ。ちなみに旅行に関わる費用も、彼が負担してくれている。

久瀬さんは、『俺が誘ったんだからいいんだよ』と言ってくれて、私としてはそこまで甘えていいものかという戸惑いがあるのだが、支払うと申し出ても拒否されてしまったのだ。

しかしながら、申し訳ないという思いは心の隅に追いやられ、今はソワソワと落ち着かない気持ちでいる。

新鮮な刺身と白老牛《しらおい》のステーキがメインの豪華な夕食を堪能し、風情溢れる露天付き大浴場で温泉に浸かり、今は二十二時になったところだ。

四十分ほど前に久瀬さんと一緒に部屋を出て大浴場に行った後、先に戻ってきた私はひとり、畳の上をウロウロしている。

開け放してある襖《ふすま》の向こうの六畳の和室には、ふた組の布団が並べて敷かれ、枕元に置かれた行灯の明かりに照らされている。

布団をひと組、こっちの本間に持ってきておくべきかと迷っていた。

久瀬さんもきっとそうするつもりで、和室ふた間の部屋を予約したのではないだろうか。

でも……彼に相談なく、勝手に移動させるのはどうなのだろう。

同じ部屋でひと晩を過ごすということを、過剰に意識しているのがバレてしまいそうだ。

偽恋人なので、なにかが起きるはずもないのに、頭の中には勝手にピンクの花が咲き、久瀬さんとの情事を想像してしまう。

私は欲求不満なのだろうか……。

なんてハレンチな女なのだと自分を非難しつつ、部屋の中を二十周ほどして、うろつく範囲を洗面所まで広げた。

洗面台の鏡に向かうと、いつもより多少、艶っぽい自分が映る。

それは、浴衣を着ているせいだろう。

女性用の浴衣は五種類の柄から好きなものを選べるようになっていて、私は街路樹に桜が咲いていたことを思い出し、白地に淡い桜が描かれたものにした。

右に左に体を向けて、着方がおかしくないかを確認する。

それから、化粧をしていないことを思い出し、顔に触れた。

久瀬さんにすっぴんを見られることを気にしたのだが、普段から薄化粧なのでさほど違いはなく、このままでいいことにする。

それに、寝化粧までして彼を待っていたら、いかがわしい展開を期待しているかのようで、すっぴんを見られるよりずっと恥ずかしい。

鏡に映る顔はほのかに赤く、両手でピシャリと頬を打って表情を引き締めた私は、自分を戒める。

「変な妄想している場合じゃないよ。久瀬さんが戻ってきたら、ポン酢変身体質が治っているかどうか、確かめるんだから」

変身体質が治ったとしたら、楽しかった偽恋人関係は終了である。

だからこの旅行は、久瀬さんに深く関わる最後の機会になるかもしれず、並んだ布団に照れてばかりもいられない。

彼を長年苦しめてきた変身体質が治ればいいと心から願っているけれど、偽恋人関係が終了して、ただの後輩社員に戻るのは寂しいな……。

高揚したりへこんだりと、心を忙しくさせていたら、座卓の上で私のスマホが鳴り響いた。

考え込んでいたため、「わっ」と声をあげて驚いた私は、慌てて本間に戻ってスマホを手に取る。

画面を見ると、電話をかけてきたのは兄で、私は眉を寄せた。

なんの用事?　もしかして、かける相手を間違えているのだろうか……。

二歳上の兄と私は仲が悪い。埼玉《さいたま》の田舎の方に両親が暮らす実家があるのだが、兄も同居しているため、なるべく帰らないようにしている。

なぜ仲が悪いのかといえば、小さい頃から食卓において、激しい肉の奪い合いをしてきたからである。

子供の頃の二歳差は大きく、ある日は兄にトンカツをひと切れ攫《さら》われ、またある日にはハンバーグを半分も奪われて、どんなに悔しかったことか。

すき焼きをした時には、『お前はネギでも食ってろ』と、私の皿に勝手にネギをポイポイ放り込み、牛肉を独り占めされた。

そんな兄には、嫌悪感しか抱けない。

向こうは向こうで、私のことを邪魔だと思っていそうである。

母がおやつにビーフジャーキーをひと袋買ってくると、きっちりグラム数まで量って半分に分け、私たちにくれるから、『年齢も体格も俺の方が上なのに、なんで同じ量なんだよ！』と中学生の時の兄は憤っていたっけ。

座椅子に正座した私は、鳴りやまないスマホを見つめる。

盆と正月くらいしか顔を合わせないのに、一体なんの用があるのかと訝《いぶか》しみつつ、恐る恐る通話に出た。

「なに？」と不愉快な声をかければ、やけに明るい兄の声が聞こえる。

《奈々子、久しぶり。明日、実家に帰ってこいよ。どうせ暇だろ？　霜降り和牛五キロ買ったんだ。すき焼きやるぞ》

「すき焼き……。え、本当にお兄ちゃん？　まさか、肉肉詐欺じゃないよね？」

私にすき焼きを振る舞うなどと、兄の言動とは到底思えず、詐欺ではないかと疑ってしまった。

それでも兄は機嫌よく、話し続ける。

《実は俺、彼女ができたんだ。明日、初めて親に会わせるんだけど、緊張するだろうし、奈々子がいた方が話しやすいと思ってな。お前と同じ年なんだ》

「へぇ、お兄ちゃんに彼女が……」

つまり兄は、恋人が話し相手に困らないようにと、私を肉で釣って帰省させようというのだ。

一応、真面目に会社員をしている兄は、見た目は普通。彼女ができてもおかしくない年齢でもある。

けれども妹からすると、人の肉を奪うようなろくでもない人間であり、そんな男と付き合って大丈夫かと彼女に問いたくなった。

霜降り和牛のすき焼きは食べたいし、積年の恨みを込めて、彼女に兄の本性をバラしてみたい気持ちもあるが、明日、東京に帰るのは夜遅くなってからの予定である。

夕食時には間に合わない。

「残念だけど今、旅行中で、北海道にいるんだよね。行けないよ」

そう返事をすれば舌打ちが聞こえ、《モテない女同士で寂しく旅行かよ。使えない奴だな》と悪態をつかれた。

他人にモテないだろうと言われても、その通りだと認めるだけで怒ったりしないが、相手が宿敵の兄なので、反論せずにはいられない。

「女友達じゃなく、男の人とふたりで旅行してるんだよ」

《嘘つくんじゃねーよ》

「本当だよ。社内で人気ナンバーワンのものすごいイケメンで、誠実で紳士で優しくて、エリートで御曹司。そんな人と一緒にいるんです」

事実を話しているのに、兄は少しも信じてくれない。

《ははん。さてはお前、悔しいんだな?》とバカにしたように言われ、肉のことしか頭にない私に、彼氏ができるはずはないと決めつけられた。

《しょうもない嘘をつかずに、帰ってこいよ。うまい肉、食わせてやるから》

怒りが頂点に達した私は、返事をせずに電話を切り、スマホを座卓に置いて頬を膨らませる。

すると、また着信音が鳴り響く。

しつこく兄がかけてきたのかと思ったが、今度は父からであった。

「はい」と不愉快さを引きずった声で電話に出れば、《あー奈々子か。父さんだ》と、なぜか父は言いにくそうな声で話しだした。

《父さんは、奈々子が明るくていい娘だと思ってるぞ。自信を持て》

「なんの話……?」

《明日の話だ。十八時に、すき焼きを始めるからな。待ってるぞ。きっとお前にもそのうち恋人ができるから、そう怒らずに――》

どうやら兄のそばに父もいたようだ。

兄から一方的な説明を聞いて、モテない私が拗《す》ねて帰らないと言ったと勘違いし、父は哀れんだみたい。

「帰れないよ。明日まで彼氏と旅行中なの!」

父に恨みはないけれど、語気荒くそう言って電話を切る。

「もう、なんなのよ……」と口を尖らせた後に、久瀬さんのことを彼氏と言ってしまったことに気づいてハッとした。

嘘ついちゃった。

勝手に彼氏呼ばわりして、久瀬さん、ごめんなさい……。

悲しいような、恥ずかしいような気分にさせられて、ため息をつく。

そしてスマホを座卓に置こうとしたのだが、またしても鳴りだした。

今度は誰かと眉を寄せて画面を見れば、香織である。

「もしもし？」と目を瞬かせて電話に出れば、ガヤガヤと賑やかな背景音に被せて、香織の明るい声がする。

《あ、奈々子。遅くに悪いんだけど、これから出てこれない？　今、高校時代の友達と飲んでるんだ。奈々子の話をしたら、みんな面白がって、会ってみたいんだって》

久瀬さんと旅行に行く話は、香織に教えていない。偽恋人だと言ってあるし、ポン酢変身体質や小百合さんのことは、説明できないからである。

お酒が入ってテンションの高い香織は、《彼女募集中の男もいるよ。奈々子に彼氏ができるチャンスかも》と笑いながらメリットを提示する。

久瀬さんの変身体質を知る前の、ただ憧れていただけの時なら、行ってみようかという気持ちになったかもしれないが、今はそんな気分になれない。

もちろん距離的にも、参加は不可能である。

「ごめん。今日はちょっと用事があるんだ」と断れば、不満げな声を返された。

《えー、なんの用事？　会わせたい男友達は、すっごくいい奴なんだよ。無理にでも

おいでよ。これを逃したら、一生彼氏ができないよ》

一生できないとは……どうしてそう思うのかと私の眉間に皺が寄る。

もとよりなんでも言い合える関係の香織だが、酔っているため今日はいつもより毒舌であるようだ。

笑って流せずムッとしてしまうのは、兄と父への腹立たしさを、まだ引きずっているからだろう。

みんなして、私がモテないと決めつけて……。確かにその通りなんだけど、ちょっと言い方を考えてよね！

座卓をドンと叩いた私は、怒りに任せて言ってしまう。

「私、今、旅行中なの。男性と」

《えっ……嘘？》

「なんで香織まで信じてくれないのよ。久瀬さんとふたりで温泉旅館にいるの。北海道だからそっちに行くの無理だし、紹介もいらないよ。じゃあね」

《久瀬さんと⁉　奈々子、ちょっと待っ——》

酔いが冷めたような驚きの声で引き止められたが、それを無視して電話を切った私は、スマホの電源を落とす。

これでもう誰からも、かかってこない。

ホッと息をついたら、余計なことを言ってしまったことに気づいた。

ついムキになって、久瀬さんの名前、出しちゃった。

偽恋人なのに、どうしよう。なにかうまい理由付けを考えないと……。

困り顔で頭を悩ませたその時、ドアが開けられる音がして、大浴場に行っていた久瀬さんが戻ってきた。

本間に入ってきた彼を見ると、立て続けの電話による不愉快さはいっぺんに吹き飛んで、鼓動が跳ねる。

湯上りの彼の髪は、まだ少し濡れている。

いつもは、やや斜めに流している前髪がまっすぐに額にかかり、可愛らしい印象だ。

それとは逆に、白と紺の縦縞しじらの浴衣が大人の色気を引き出していて、緩い合わせ目からは、ほどよく引き締まった筋肉質の胸が覗いていた。

思わず私はコクリと喉を鳴らす。

彼の頬が赤いのは、温泉に浸かったせいだろうか。

瞳が艶めいて、私に向ける笑みがはにかんだように見えるのは、どうして……?

「ただいま」と前髪をかき上げながら、彼は言う。

「お、お帰りなさい」

「俺の方が先に上がるだろうと思ってたんだが……待たせてごめん」

決して久瀬さんが長湯だったわけではない。

私が早かったのは、彼と同部屋であることにソワソワして、落ち着いて温泉に入っていられなかったからである。

その気持ちは説明できないので、「いえ、私もほんの少し前に戻ってきたところなんです」と嘘をついた。

湯上がりの色香を漂わせる久瀬さんを見ていたら、頭の中にあらぬ妄想を繰り広げてしまいそうなので、立ち上がった私は、「なにか飲みます?」と問いかけて、部屋の隅にある冷蔵庫に向かった。

この部屋に着いて冷蔵庫を覗いた時、ビールや緑茶、スポーツ飲料など、色々と入っているのを確かめていた。

けれども、「いや、いい」と断られる。振り向けば真顔の彼と視線が交わった。

「飲むのは、ポン酢にしよう」

「はい、わかりました……」

いよいよ、ポン酢変身体質がどうなっているのかを確かめる時が来た。

彼の浴衣姿に照れてしまう気持ちは心の隅に追いやり、私の中に緊張感が漂う。

旅館に到着する前にコンビニで買ってきたポン酢の小瓶を、久瀬さんが黒い旅行鞄から取り出し、座卓の上に置いた。

私は床の間の横にある和風ローボードから、丸いコロンとした形の湯のみ茶碗を出してきて、彼の前に置く。

角を挟んだ隣に座り、座卓に向かう私たち。

あぐらをかいた久瀬さんが、無言で湯のみにポン酢を少量注ぎ入れ、それを手に持った。

ゆっくりと口に近づけた彼は、唇まであと三センチほどのところで手を止め、深呼吸する。

久瀬さんの速い鼓動が聞こえてきそうで、私の中の緊張も強まった。

「飲むよ」

「はい」

小百合さんの授乳シーンを目撃してしまった後、久瀬さんの中で、彼女に対するなにかが変わった気がしている。

思春期の頃に強く結びついてしまったポン酢と性的興奮の鎖が、切れていることを願った。

十二歳の時からずっとこの体質に苦しめられてきた彼は気の毒と言う他になく、もうそろそろポン酢の呪縛から解放してあげてほしい。

ポン酢の神様、お願いします……。

指を組み合わせて祈る私の前で、目を伏せた彼が酒をあおるように、クイッと湯のみを傾け、ポン酢を飲んだ。

固唾を呑んで見守る私の前で、久瀬さんは湯のみを座卓の上に戻した。

そこから五秒、十秒と、静寂の中に時間は過ぎていく。

彼は目を閉じて、じっとしているだけで、いつものように苦しみだすことはなかった。

まるで眠っているかのように静かな呼吸を繰り返している彼に、「久瀬さん」と恐る恐る問いかければ、ゆっくりと瞼を開けた彼が涼やかな瞳に私を映した。

「どう、ですか？」

「変わらないな。口の中にはポン酢の味が広がっているのに苦しくない。意識もはっきりしている」

「ということは……？」

「ああ。治ったようだ」

真顔で淡々と会話した私たちは、一拍置いてから同時に破顔し、喜びを爆発させた。

「ヤッター！」と叫んだ私が飛びついてしまったら、彼は広い胸と逞しい腕で抱きとめてくれて、明るい笑い声をあげる。

「ありがとう。正直、治る日が来るとは思わなかった。全て奈々子のおかげだ」

「私はついてきただけで、なにもしてませんよ。お礼なら、小百合さんに言った方が――」

彼の腕の中で顔を上げた私は、息のかかる距離で見つめ合ってしまい、ハッと我に返る。

どさくさに紛れて、抱きついてしまった。

嬉しさが突き抜けたせいだけど、なんて大胆なことを……。

耳まで顔を火照らせて、慌てて離れようとしたが、私の体に回された彼の腕はほどけない。

「離れるなよ」と甘い声で囁かれ、距離を空けるどころか逆に強く抱きしめられた。

大きく鼓動を跳ねさせた私は、「えっ？」と戸惑いの声をあげる。

「く、久瀬さん、治ったんですよね？　あれ……苦しむ時間がなかっただけで変身してます？」

私の唇は彼の浴衣の肩に当たり、耳は彼の頬に触れている。

触れ合う体を熱く感じ、彼の大きな手が浴衣越しに私の背を撫で始めれば、色のある声を漏らしてしまいそうだ。

いつもの誠実な久瀬さんなら絶対にしないことなので、治っていなかったのかと落胆しかけた私であったが、耳元にクスリと笑う声が聞こえる。

「変身していないよ。俺の意思で抱きしめている。奈々子が拒むならいつでもやめるけど、こうしているのは嫌？」

「い、嫌じゃないです。でも、あの……どうして？　偽恋人関係は、治ったら終了という話でしたよね？」

背中に回された腕の力が緩み、密着する体を少し離された。

拳ふたつ分の距離で私を見つめる久瀬さんは、獲物を狙う狼ではなく、いつものように優しげな顔をしていてホッとする。

けれどもその瞳は甘い色香を湛えており、どこか嬉しげで、どこか切なげな複雑な表情を浮かべた彼が、「ごめん」と謝った。

「これまで、曖昧な関係を続けてすまなかった。だが、どうしても治るまでは言いたくなかった。君のいないところでポン酢を口にしてしまったら、他の女性を口説いてしまうだろうから。奈々子を一ミリも傷つけたくなかったんだ」

落ち着いた低い声が、静かな和室に、染み渡るように響く。

私は驚きに目を見開き、込み上げる期待が胸から溢れそうになっている。

それって、つまり……。

私を傷つけたくなかったという言葉の、次が早く聞きたい。

偽恋人関係が終了すれば、同課の先輩後輩として、仕事上の接点のみの寂しい関係に戻るのだと覚悟していたのに、私はこの恋を諦めなくていいのだろうか。

自分の速い鼓動を耳の奥で聞きながら、彼の胸に手を添えて、催促するように呼びかける。

「久瀬さん……」

彼の右手が、私の頬を包むように触れた。

熱っぽく艶めいた瞳で、唇の両端を緩やかに上げた彼が、誠実な声で想いを告げる。

「奈々子が好きだ。今から本気の恋を始めてみないか？　これまで助けてもらった分、今後は俺が守りたい。大切にするよ、この先ずっと」

これは、夢……？

あまりにも嬉しくて、もしかすると私の願望が幻覚のような白昼夢を見せているのではないかと疑ってしまう。

触れられていない方の頬をつねってみれば、痛みを感じると同時に、プッと吹き出す彼の息が、私の唇にかかった。

「夢じゃないから、返事をもらえないか。君の気持ちはわかっているつもりだが、女性に告白するのは初めてのことで、これでも緊張しているんだ」

私の恋心はポロポロと漏らしていた自覚があるので、わかっていると言われても驚きはしないけど、恥ずかしくて顔に熱が集中してしまう。

思いがけない彼の告白で、心には動揺の波が打ち寄せ、まだしばらく引く気配はない。

震える声で、「本当に私が恋人で、いいんですか……?」と問いかければ、彼が優しげに微笑んだ。

「奈々子じゃないとダメなんだ。君は俺にとって女神だよ。体を張って全力で自分を救ってくれた女性を、愛さない男はいないだろう」

「こんな私が、女神……」

白いローブを纏い、光に包まれて雲の上から地上を見下ろす自分を想像し、似合わないと思ってしまった。

エプロンを着て、右手にトング、左手に焼肉のタレを持ち、肉パーティーを仕切る女神だというのならわかるけれど。

目を白黒させ、半開きの口でポカンとしてしまったら、久瀬さんが苦笑する。

「本心を伝えているつもりなんだが、そんなに信じられない？　どうすれば、いいかな……」

私の頬に添えられた右手の親指の腹で、彼は私の下唇をなぞる。

私の意識が唇に集中したら、顎をすくわれ、突然唇を塞がれた。

見開かれた私の目には、閉じた彼の瞼と、スッとした鼻梁《びりょう》がアップで映り、彼の髪から香る旅館のシャンプーの香りを思いきり吸い込んでしまった。

私、今、久瀬さんにキスされてる……。

狼化した彼には、これまで何度も唇を奪われてきたが、その時とはまったくの別物である。

強弱をつけて押し当てられ、ついばむような優しいキスは、徐々に深いものへと変わる。

柔らかな舌先が私の口内に潜り込み、丁寧に撫でてから私の舌をからめとった。

欲求を満たすためだけの強引なキスではなく、私を気遣うような愛情を感じさせてくれる彼。

心がとろとろに溶かされて、驚きや戸惑いよりも求められる喜びが勝り、私の目には涙が溢れた。

それに気づいた久瀬さんが、唇を離して不安げな顔をする。

「嫌だった……？」

誤解させてしまったことに慌てた私は首を強く横に振り、涙を拭って気持ちを伝える。

「久瀬さんが好きです。涙は喜びのせいです。本物の恋人になれたことが嬉しくて……」

すると、照れたように頬を赤らめた彼に、ぎゅっと強く抱きしめられた。

それから体を離されたかと思ったら、膝裏と背中に腕を回され、抱き上げられる。

突然のことに「キャッ！」と声をあげて、彼の顔を仰ぎ見れば、ニッと口の端をつり上げた彼から額にキスをもらった。

「奈々子は素直で健気だよな。俺はそういうのに弱いみたいだ。これ以上はもう、我慢できそうにないよ」

そう言って歩きだした彼は隣室へ移動し、布団に私を寝かせると、両腕をシーツに突き立て覆い被さった。

心臓が壊れそうなほどに大きく速く鳴り立てる私は、心の中を忙しくする。

時には久瀬さんに抱かれることを妄想し、ひとりでこっそりと照れていた私なので、この状況はまさに願い通りである。

けれども喜びと同じくらいに不安も湧いて、私の帯を解こうとしている彼に慌てて言った。

「く、久瀬さん。すごく言いにくいことなんですけど……」

「なに？」と手を止めてくれた彼だが、溢れさせる色香は抑えてくれない。

行灯に照らされる瞳を熱っぽく潤ませて、話の続きを待ってくれている彼に、私は「あの……」と三回繰り返してから、意を決して打ち明けた。

「私、こういうの初めてなんです。男性と交際したことは過去に一度だけあるんですけど、体の関係に至る前に、振られてしまいました……」

それは大学生の頃の話である。私が極度の肉好きで、二時間おきに肉チャージが必要な体質だと知っていても付き合おうと言ってくれた人がいた。

それなのに、『お前の頭の中は、九割が肉なんだな。やっぱ無理。牛か豚と付き合えば』と言われ、交際九日目で捨てられてしまったのだ。

周囲の女友達は、たぶんほとんどが経験済みである。

処女を守っていることが年々恥ずかしくなってきた私は、女子だけの飲み会でそういう話題になると、お手洗いに逃げていた。今一番仲のいい香織にも話していない。

できれば久瀬さんにも知られたくなかったが……行為に及べばどうせバレてしまうことでもあるし、なるべく痛くなくしてもらいたいので、恥を忍んで打ち明けた。

私の情けない暴露話に、久瀬さんの目が見開かれる。

眉を寄せた彼に「なぜもっと早く言ってくれないんだ」と叱られて、私は首をすくめて目を泳がせた。

「すみません。恥ずかしくて言えませんでした。二十五にもなって経験なしなんて、やっぱり、引きますよね……？」

あまりにも冴えない私の恋愛遍歴に、幻滅させてしまったのではないかと思い、正直に話したことを後悔する。

始まったばかりの恋が、早くも終了かと恐れたが、「違う」という言葉がため息と共に降ってきた。

「引くわけないだろ。俺の治療に協力してくれたことに対して言ったんだ。未経験なのに、我を失った俺に何度も襲われて……度胸がいいにもほどがある」

狼化している時の行動を、真面目な彼本来の意識は制御できない。

私なりに体当たりの治療を施した間、キスされて胸をまさぐられ、危うく下着まで脱がされかけたこともあった。

恐怖心がなかったわけではないが、それは襲われることに対するものではない。

久瀬さんの凄《すさ》まじい色気に私がやられて、流されてしまいそうで怖かった。

変身中の彼と肉体関係を結べば、もとに戻った後に彼を深く傷つけることになる。

そうならないように、ギリギリのところで必死に耐えていたのは事実であった。

度胸がいいと久瀬さんは言ったが、なにか違うと私は考える。

好きな人に触られても、嫌ではないからだ。

「話してくれたら、絶対に関わらせなかったのに」と、申し訳なさそうに顔をしかめる彼は、やはり誠実な人だ。

処女だということをマイナスに捉えていないとわかってホッとした私は、「だからですよ」と笑顔を向けた。

「私は久瀬さんに深く関わりたかったんです。だからこれまで言いませんでした。久瀬さん、今度みんなとしゃぶしゃぶパーティーしましょうね。つけだれはもちろんポン酢で。私、みんなの輪の中に久瀬さんを引き入れて、楽しんでもらいたかったんです。それと、ほんの少し、憧れの人に近づきたいという下心もあったんですけど……」

正直に全てを打ち明けて、照れ笑いをしていたが、彼が呆れ顔をして大きなため息をついたので、また余計なことを言ってしまったかとヒヤリとした。

「あまり煽《あお》らないでくれる？　優しく抱く余裕がなくなるだろ」

そう言って私を驚かせた直後に、彼は一気に私の帯をほどき、桜柄の浴衣の前合わせを開いた。

強引な行為に私が声も出せずに固まっていると、ブラジャーを上にずらされ、露わにされた裸の胸に彼が顔を埋めた。

熱い吐息をついた彼が、「まずい……」と、低い声で振り絞るように呟く。

「ポン酢による変身体質は治ったが、たった今、別の体質になったようだ」

「えぇっ⁉」

裸にさせられた恥ずかしさはいったん隅に追いやられ、また治療の日々が始まるのかと、私は驚き焦る。

「どんな体質ですか？」と緊張して問えば、ニヤリとした彼が、私の胸を撫でながら唇にキスをする。

深く口づけ、じらすようになかなか答えをくれない彼であったが、唇を離して顔を上げると、甘く囁くように教えてくれた。

「奈々子が可愛すぎて、滅茶苦茶に愛したくなる体質だよ。まずいな。このままだと奈々子を見るたびに欲情を抑えられなくて、日常生活に支障をきたしそうだ。とりあえず、旅行を延長しようか。できるだけ長く一緒にいたい」

私限定で欲情を抑えられなくなるとは……なんて素敵な体質なの。

もったいなくて治療はできません……。

それほどまでに深く愛されているのだと歓喜して瞳を潤ませる私は、言葉が出ずに首を縦に振って応えた。

フッと笑ってくれた彼は、私の瞼に口づけてから、頬、首、さらにその下へと唇を滑らせていく。

縦縞しじらの浴衣から腕を抜き、腰まで落としたら、逞しい彼の裸体が行灯の明かりに照らされて、私の目に艶めいて映った。

体のあちこちに触れられて甘い声を漏らせば、恍惚の表情を浮かべた彼が私をじっと見下ろし、ペロリと唇を湿らせて言う。

「食べてしまうのがもったいないほど、綺麗だ……」

久瀬さん、それは旅先マジックですよ……。

い草の香りに真っ白なシーツと、はだけた浴衣。

どうやら行灯の橙色の明かりは、彼だけではなく、私のこともなまめかしく照らしてくれているみたい。

それに助けられ、いつもより自信を持つことができた私がキスをせがめば、彼は嬉しそうに応えてくれた。

たっぷりと時間をかけ、心も体も溶かされて……やがて、ひとつになる時が来る。

「痛かったら言って」

「はい。あっ……ああっ！」

痛くても、やめてほしくない。

この行為を嬉しいと思えるのは、偽物ではなく、本物の恋人になれたからであろう。

極上ステーキを頬張るよりも、ずっと満たされる幸せがここにある。

「愛してるよ」と耳元で囁かれて、彼にしがみつきながら、とろけるような旅の夜は更けていった。

特別書き下ろし番外編

抑えきれない独占欲

夏が過ぎ、木枯らしが吹き抜ける秋も終わろうかという頃。

久瀬隆広の日曜の夜は、賑やかさの中にあった。

今日はかねてより奈々子と約束していた、部署の仲間を集めてのしゃぶしゃぶパーティーをしている。

場所は久瀬の自宅マンション。

肉パーティーといえば、これまで奈々子の自宅で開催してきたのだが、『今回は俺の家でやらないか』と久瀬から提案したのだ。

その理由は嫉妬にある。

奈々子のプライベート空間に、他の男が堂々と上がり込む。

恥ずかしいので口には出せないが、久瀬はそれに対して、密かな不満を覚えていた。

ふたりの交際の噂は、社内では知らない者がいないほどに広まっているというのに、奈々子にちょっかいを出そうとする男がいる。

いや、噂が広まってから、余計に奈々子に興味を持って話しかける社員が増えたようだ。

それを奈々子は、『私じゃなく、みんな久瀬さんに近づきたいんですよ』と笑って言うけれど、どうだろう。

恋というのは不思議なもので、久瀬の目には、誰より奈々子が可愛く映っているので、男性社員が彼女に声をかけている姿を見るたびに心配になるのだった。

今も、小花柄のワンピース姿の奈々子の右隣には、同課の男性社員、山田が胡坐《あぐら》をかいて座っていて、ふたりで楽しげに話しているのが久瀬の気に障る。

（少し距離が近すぎやしないか……）

それは仕方ない。久瀬の家でのしゃぶしゃぶパーティーに参加者を募ったら、六十人を超える希望者が出てしまった。

リビングにあるソファなどの家具を隅に寄せ、繋げたローテーブルを壁際ギリギリまで並べても、十六人招待するのが限界だ。

部屋に上がれる最大人数をくじ引きで選んで迎え入れ、隣同士腕が触れ合う距離で、卓上コンロ三つの鍋を囲んでいる。

久瀬は奈々子の向かいの席で、両隣の女性社員がしきりに話しかけてくるけれど、彼はグツグツと煮えたつ湯気の向こうの恋人が気になって仕方なかった。

「さすが相田さん。もう試したんだ。あの店はどれもうまいから、俺も気になってたんだよな。今度みんなで食いに行かない?」と、山田が奈々子に話しかけている。

会社近くの人気ラーメン店の新商品、ローストビーフ担々麺の話をしているようだ。

彼女は「いいですね。仕事終わりに行きましょうか」と笑顔で了承してしまい、久瀬はポン酢にくぐらせた豚肉をつまむ箸を止めた。

(行かせたくないが……山田さんは〝みんなで〟と誘っていたよな。それなら、その中に俺も交ざれば問題ないか。恋人を束縛するような余裕のない男にもなりたくない)

物わかりのいいパートナーでいなければと、久瀬は自分に言い聞かせる。

左右からは、甘ったるい声で他課の若い女性社員が話しかけてくるが、久瀬は先ほどから相槌程度の返事しかしていない。

「それでどうしたらいいかと……久瀬さん、あの、私の話を聞いてくれてます?」

「ああ、ごめん。ちょっと考え事をしてしまった。すまないが、もう一度、話してもらえるかな。今度はちゃんと聞くよ」

「はい、もちろんです。嬉しい!」

奈々子が定期的に開催している肉パーティーに久瀬が参加するのは、これが四度目である。

部署の若手社員で料理を囲み、酒を飲んで笑い声をあげる。

それを久瀬は楽しむことができるが、奈々子が他の男に構われていると、嫉妬にさいなまれてしまうことだけは、なんとかならないものだろうか。

彼女と交際するまでは決して味わうことのなかった感情に、久瀬は人知れず困っていた。

そうしているうちに、鍋の材料は皆の胃袋に消え、ビールや缶チューハイなどの飲み物はほとんど空になる。

皆で協力しての後片付けも終わり、久瀬の家での初めての肉パーティーは、四時間ほど経った二十一時前にお開きとなった。

「久瀬さん、お邪魔しました」と皆は、ぞろぞろと玄関に向かう。

その中にコートを着た奈々子も交ざっていた。

明日は月曜日で、いつも通りに出勤しなければならないため、帰るつもりのようである。

今日は奈々子とふたりきりの時間を持てず、物足りない気分の久瀬であったが、真面目な彼の考えとしても、仕事に支障がないよう、今日はもう帰った方がいいという意見であった。

ひとりふたりと玄関を出て行く社員たちを「また明日、会社で」と笑顔で見送る久瀬であったが、その顔が急にしかめられる。

靴を履いている奈々子に山田が、「この後、ちょっと寄っていかないか。焼き鳥がうまい店、駅前にあるんだ」と久瀬の前で堂々と誘ったからだ。

「え?」と顔を上げた奈々子は、チラリと後ろを気にする様子を見せた。

山田と食べに行ったら、久瀬が嫌がるかどうか、図りかねている表情である。

「他にも焼き鳥食いに行きたい奴、いる?」と山田は、開けられている玄関ドアの向こうに声をかけていて、奈々子に対する下心はないのかもしれない。

それでもどうしても湧いてしまう嫉妬の気持ちを抑え、物わかりのいい彼氏を演じようとする久瀬は、『食べたいなら行ってきなよ』と言おうとして口を開きかけた。

けれども、「奈々ちゃん、他の奴らは帰るって。ふたりで行こう」と山田があっけらかんと言ったから、久瀬のこめかみがヒクついた。

(奈々ちゃん、だと……? いつの間に、そんな親しげな呼び方をするようになったんだよ。ふたりきりを、許せるわけがないだろ)

厳しい顔をした久瀬は、後ろから奈々子に片腕を回して抱き寄せる。

「わっ!」と驚きの声をあげた彼女は、後ろに倒れるようにして、彼の胸に背中を当てた。

「く、久瀬さん……？」

「ダメだよ、奈々子は帰さない」

「で、でも、明日は朝から出勤で……」

山田がニヤニヤしているのは、この状況を面白がっているためだろう。

「おい、みんな」と通路に出ていった社員たちを呼び戻すから、ドア口には数人の顔が覗いた。

奈々子の頬は赤く、皆に見られていることを恥ずかしがっている様子だが、いったん嫉妬心のストッパーを外してしまった久瀬は止められない。

「久瀬さん、この腕を離して——」と困り顔の彼女の言葉を遮り、さらに強く抱きしめて、あえて皆にも聞こえるように言った。

「名前で呼ぶ約束だったよな？　俺の名前はなんて言うんだ？」

「た、隆広さん……ですけど、今はふたりきりじゃないですよ。あの、私、焼き鳥屋に行かずに普通に帰りますから」

いつもの久瀬はスマートな態度を心がけており、こんなふうに奈々子を困らせることはしない。

その理由が嫉妬と独占欲だということは、彼女にも伝わったようで、眉をハの字に下げながらも、ほんの少し嬉しそうに微笑んでいる。

奈々子が嫌がっていないのを察して、久瀬は山田を含めた社員たちに見せつけるように、彼女の耳に唇を当てて甘く囁いた。

「帰さないと言っただろ。明日はここから一緒に出勤すればいい」

「一緒に……？」

「そう、一緒に。風呂とベッドもな。先週置いていった奈々子の着替えは、洗ってしまってあるよ」

女性社員の黄色い声や、男性たちの冷やかしの声がドア口から聞こえた後、噂のネタができたとばかりにニヤつく山田の手によってドアは閉められた。

玄関の鍵をしっかりと閉めた久瀬は、履いたばかりの靴を脱いだ奈々子の手を引いて、リビングに戻ろうとする。

その手を逆に引っ張られたのは、奈々子が廊下の途中で足を止めたからだ。

彼が振り向けば、奈々子はまだ赤みの引かない頬で口を尖らせている。

「泊まってと言ってくれるのはすごく嬉しいんですけど、みんなの前ではちょっと……恥ずかしくて明日、どんな顔で会えばいいのか心配になります」

奈々子は恋愛慣れしていないため、冷やかしの視線やからかいの言葉を、サラリと受け流すことはできないようだ。

それに対しての苦情に、「ごめん」と苦笑いして謝った久瀬であったが、彼としても文句がある。

黒いズボンのポケットに片手を入れた彼は、眉を寄せて奈々子に言った。

「釘を刺しておいたんだよ。俺のものだから、手を出さないようにと。山田さんに狙われていたのを気づいてないのか？　社内では他の男たちも、隙あらば奈々子に話しかけてくるよな」

「ち、違いますよ！　この前も言いましたけど、それは――」

奈々子は自分が人気者なのではなく、久瀬のことを知りたがって皆が話しかけてくるのだと説明する。

奈々子が久瀬の変身体質を知り、深く関わるようになるまでは、彼は一見して人当たりのいい態度を取っていても、壁を作って内側には誰も入れないようにしてきた。

その壁が崩れたのは、周囲の社員にも伝わっているのだろう。久瀬のことをもっと知りたい、できれば近づいて友人付き合いをしてみたいと望む社員たちが、その糸口を求めて奈々子に話しかけてくるのだ。

つまり男性社員にモテているのは、奈々子ではなく久瀬である。

それを身振り手振りまでつけて一生懸命に説明する奈々子であったが、久瀬の心には半分ほどしか響かないようである。

前髪をかき上げた彼は、拗ねたような返事をする。

「どうだろうな。そういう人もいるとは思うが、奈々子に興味がある人もいるだろ。俺がはまったように、奈々子の魅力に、最近になって気づいた奴がいてもおかしくない」

ポン酢による変身を初めて奈々子に見られたのは、九カ月ほど前のことになる。

その時まで彼は、彼女のことをただの後輩としか思っていなかった。

時々面白いことを言って周囲を楽しませる彼女は、明るく性格のいい女性だ。

頼んだ仕事はしっかり期限までに仕上げてくれるという信頼もあった。

好印象ではあったが、恋愛感情は少しも湧かず、恋人になる未来を微塵も想像したことはなかった。

それが、どうだろう。

『私が治してみせます！』と宣言した通り、奈々子は体を張って全力で久瀬の変身体質に向き合ってくれた。

ひたむきな彼女は、久瀬への隠しきれない恋心を時々漏らしても、決して恋愛関係になろうと欲張ることはせず、あくまでも治すことだけを目的にそばにいてくれた。

そのいじらしく健気な態度に、久瀬は治療を始めた早い段階で、自分の中に恋心が芽生えたのを自覚していた。

奈々子がいじめを受けたことをきっかけに、偽の恋人関係を始めたのは、変身体質が治るまでは告白するわけにいかないという頑なな考えと、彼女ともっと濃密な時間を過ごしたいという欲求との折り合いをつけるためのずるい策であった。

（奈々子は可愛いから、構いたくなる男たちの気持ちはよくわかる。だが、誰にも触らせない。奈々子は俺の恋人だ……）

久瀬の目には奈々子がこの世で最高の女性に映っているため、彼女がどんなに誤解だと言っても、不安は消せないようである。

彼女を軽く抱き寄せて、肩下まで伸びた黒髪を指で梳く彼は、「心配なんだよ」と自嘲気味に本心を打ち明けた。

「誰かに取られるんじゃないかと、思う時がある。余裕がなくて、かっこ悪いよな……」

驚いたように目を丸くした彼女は、彼の不安を解こうと早口になる。

「隆広さんはイケメンで優しくて、女性社員の憧れの的で、仕事のできるエリートで、頼れる先輩で、世界一素敵です。隆広さんをかっこ悪いとしたら、他の男性をなんと表せばいいんですか。筋だらけで食べるところのない残念なステーキか、ラーメン屋の寸胴で半日煮込まれて、もうダシさえもでないチキンの骨だと言うしかないです」

奈々子らしい表現に思わずプッと吹き出した久瀬だが、すぐにその顔を真面目なものに戻し、瞳をやや甘くすると、溢れそうな独占欲に操られるようにして提案する。

「それでも心配は解けない。だから……一緒に暮らさないか？」

「ど、同棲するってことですか？」

「そうだよ。もっと奈々子を近くに置きたい」

ゴクリと喉を鳴らした彼女は、耳まで赤くなっている。

胸を高鳴らせていることは潤む瞳から見て取れたが、久瀬はわざと「嫌なの？」と聞いてみた。

ニヤリと口の端を上げた彼を見て、奈々子は少し頬を膨らませる。

「私が喜んでいるのがわかっていて、聞いてますよね？」

「バレたか。奈々子がかなり俺のことを好きでいてくれるのは、わかっている。だが、まだ満足できない。俺の方が何倍も、君を愛しているから」

奈々子の腕と肩を掴んで、優しく廊下の壁に押し当てた久瀬は、肘を曲げた腕を彼女の顔の横について唇を塞ぐ。

愛らしい唇をたっぷりと味わってから、熱い息を吐いて顔を離し、視線を絡ませる。

照れくさそうに微笑む彼女は、久瀬の胸に両手を添えると、いたずらめかした目をして言う。

「隆広さん。私が一番好きな時間って、どんなことをしている時か知っていますか?」

突然の問いかけに、甘い空気が薄れるのを惜しみつつも、久瀬は答える。

「肉を食べてる時だろ?」

恋人に関わる問題を外すわけにはいかないと思う一方で、答えに嫉妬してしまう自分もいる。

それに気づくと、肉にまで妬いている自分に呆れて、ため息をつきたい気持ちにもなった。

けれどもフフッと笑った彼女が、「違いますよ」と首を横に振る。

「隆広さんの腕の中にいる時です。肉チャージを忘れるほど、満たされます」

張り切って言い終えてから、奈々子は急に瞳を左右に泳がせて恥ずかしそうにする。

「ああ、もう、君って人は……」

ため息交じりにそう言った彼は、唇を強く押し当ててから、彼女の着ているコートを脱がせて廊下に落とした。

「今のは、明らかに挑発だよな」

「え、挑発？」

「可愛いすぎることを言って、俺を煽る奈々子が悪い。今夜は寝かせてあげられないよ。明日、寝不足で出勤になるのは覚悟しておいて」

驚く奈々子の手を引いて、久瀬は玄関のすぐ横にある寝室のドアを開けた。

その瞳は熱っぽく艶めいて、口元は幸せそうに綻んでいた。


【完】

あとがき

この文庫をお手に取ってくださいました皆様に、厚くお礼申し上げます。

ポン酢で変身する御曹司の物語はいかがでしたでしょうか。

普段は誠実な好青年を、なにかで狼化させたいと思い、色々と食べ物を思い浮かべました。身近にあって避けようと思えば避けられて、けれども、うっかり口にしてしまいそうなものは……と悩んだ結果、ポン酢になりました。

我が家は冷蔵庫にポン酢を常備しています。

歳のせいか、年々舌と胃袋がサッパリ感を求めるようになりまして、天ぷらやトンカツなどの揚げ物にはポン酢をかけます。家族の中で私だけ、餃子やシュウマイもポン酢で食します。

この作品を書いたことで、ますますポン酢の消費が進んだ気がしています。

私の作品の多くはこのようなラブコメです。笑ってお読みいただけることを願って書いております。

今作のヒロインは猪突猛進型にしました。

書きながら、奈々子が誰かに似ていると思いまして、それは一昨年の十一月に発売となりました私の既刊作『副社長は束縛ダーリン』の主人公、朱梨《あかり》でした。

奈々子は異常な肉好きでしたが、朱梨は極度のコロッケ大好きOLで、冷凍コロッケの製品開発の仕事をしています。

それで、今作でも朱梨を少し登場させてみました。コンベンションセンターで、ポン酢がけコロッケを久瀬に食べさせてしまった彼女です。

もしご興味がありましたら、『副社長は束縛ダーリン』もよろしくお願いします！

最後になりましたが、編集担当の福島様、妹尾様、文庫化にご尽力いただいた関係者様、書店様に深くお礼申し上げます。

素敵な表紙を描いてくださった緒花様、セクシーな久瀬と可愛い奈々子、まさに眼福です。本当にありがとうございます。

文庫読者様、ウェブサイト読者様には、平身低頭で感謝を！

またいつか、ベリーズ文庫で、皆様にお会いできますように……。

藍里《あいさと》まめ

藍里まめ先生への
ファンレターのあて先

〒104-0031
東京都中央区京橋1-3-1
八重洲口大栄ビル7F
スターツ出版株式会社　書籍編集部　気付

藍里まめ先生

本書へのご意見をお聞かせください

お買い上げいただき、ありがとうございます。
今後の編集の参考にさせていただきますので、
アンケートにお答えいただければ幸いです。

下記URLまたはQRコードから
アンケートページへお入りください。
https://www.berrys-cafe.jp/static/etc/bb

ベリーズ文庫

エリート御曹司は獣でした

2019年10月10日　初版第1刷発行

著　　者　藍里まめ
　　　　　©Mame Aisato 2019
発 行 人　菊地修一
デザイン　カバー　北國ヤヨイ
　　　　　フォーマット　hive & co.,ltd.
校　　正　株式会社鷗来堂
編集協力　妹尾香雪
編　　集　福島史子
発 行 所　スターツ出版株式会社
　　　　　〒104-0031
　　　　　東京都中央区京橋1-3-1　八重洲口大栄ビル7F
　　　　　TEL　出版マーケティンググループ　03-6202-0386
　　　　　（ご注文等に関するお問い合わせ）
　　　　　URL　https://starts-pub.jp/
印 刷 所　大日本印刷株式会社

Printed in Japan

ISBN 978-4-8137-0771-4　C0193

ベリーズ文庫 2019年10月発売

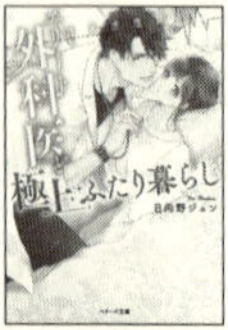

『【甘すぎ危険】エリート外科医と極上ふたり暮らし』 日向野《ひなたの》ジュン・著

病院の受付で働く蘭子は、女性人気ナンバー1の外科医の愛川が苦手。ある日、蘭子の住むアパートが火事になり、病院の宿直室に忍び込むも、愛川に見つかってしまう。すると、偉い人に報告すると脅され、彼の家で同居することに!?　強引に始まったエリート外科医との同居生活は、予想外の甘さで…。

ISBN 978-4-8137-0767-7／定価：本体640円＋税

『イジワル副社長はウブな秘書を堪能したい』 滝井《たきい》みらん・著

OLの桃華は世界的に有名なファッションブランドで秘書として働いていた。ある日、新しい副社長が就任することになるも、やってきたのは超俺様なイケメンクォーター・瑠海。彼はからかうと、全力でかみついてくる桃華を気に入り、猛アプローチを開始。強引かつスマートに迫られた桃華は心を揺さぶられて…。

ISBN 978-4-8137-0768-4／定価：本体640円＋税

『お見合い求婚～次期社長の抑えきれない独占愛～』 伊月《いづき》ジュイ・著

セクハラに抗議し退職に追い込まれた澪。ある日転職先のイケメン営業部員・穂積に情熱的に口説かれ一夜を過ごす。が、彼は以前の会社の専務であり、財閥御曹司だった。自身の過去、身分の違いから澪は恋を諦め、親の勧める見合いの席に臨むが、そこに現れたのは穂積！　彼は再び情熱的に迫ってきて…!?

ISBN 978-4-8137-0769-1／定価：本体640円＋税

『秘密の出産が発覚したら、クールな御曹司に赤ちゃんごと溺愛されています』 藍川《あいかわ》せりか・著

大企業の御曹司・直樹とつき合っていた友里だが、彼の立場を思い、身を引いた矢先、妊娠が発覚！　直樹への愛を胸に、密かにひとりで産み育てていた。ある日、直樹と劇的に再会。彼も友里を想い続けていて「今も変わらず愛してる」と宣言！　空白の期間を埋めるよう、友里も娘も甘く溺愛する直樹の姿に、友里も愛情を抑えきれず…!?

ISBN 978-4-8137-0770-7／定価：本体630円＋税

『エリート御曹司は獣でした』 藍里《あいさと》まめ・著

地味OLの奈々子は、ある日偶然会社の御曹司・久瀬がポン酢を食べると豹変し、エロスイッチが入ってしまうことを知る。そこで、色気ゼロ・男性経験ゼロの奈々子は自分なら特異体質を改善できると宣言!?　ふたりで秘密の特訓を始めるが、狼化した久瀬は、男の本能剥き出しで奈々子に迫ってきて…!?

ISBN 978-4-8137-0771-4／定価：本体630円＋税

タイトル、価格等は変更になることがございますのでご了承ください。

ベリーズ文庫 2019年11月発売予定

Now Printing

『スパダリ上司とデロ甘同居してますが、この恋はニセモノなんです』 桃城《ももしろ》猫《ねこ》緒《お》・著

広告会社でデザイナーとして働くぽっちゃり巨乳の梓希は、占い好きで騙されやすいタイプ。ある日、怪しい占い師から惚れ薬を購入するも、苦手な鬼主任・周防にうっかり飲ませてしまう。するとこれまで俺様だった彼が超過保護な溺甘上司に豹変してしまい…!?

ISBN 978-4-8137-0784-4／予価600円＋税

Now Printing

『あなどれない御曹司』 惣《そう》領《りょう》莉《り》沙《さ》・著

恋愛経験ゼロの社長令嬢・彩実は、ある日ホテル御曹司の諒太とお見合いをさせられることに。あまりにも威圧的な彼の態度に縁談を断ろうと思う彩実だったが、強引に結婚が決まってしまう。どこまでも冷たく、彩実を遠ざけようとする彼だったけど、あることをきっかけに態度が豹変し、甘く激しく迫ってきて…。

ISBN 978-4-8137-0785-1／予価600円＋税

Now Printing

『早熟夫婦～本日、極甘社長の妻となりました～』 葉《は》月《づき》りゅう・著

母を亡くし天涯孤独になった杏華。途方に暮れていると、昔なじみのイケメン社長・尚秋に「結婚しないか。俺がそばにいてやる」と突然プロポーズされ、新婚生活が始まる。尚秋は優しい兄のような存在から、独占欲強めな旦那様に豹変！　「お前があまりに可愛いから」と家でも会社でもたっぷり溺愛されて…！

ISBN 978-4-8137-0786-8／予価600円＋税

Now Printing

『お見合い婚～スイートバトルライフ』 白石《しらいし》さよ・著

家業を救うためホテルで働く乃梨子。ある日親からの圧でお見合いをすることになるが、現れたのは苦手な上司・鷹取で!?　男性経験ゼロの乃梨子は強がりで「結婚はビジネス」とクールに振舞うが、その言葉を逆手に取られてしまい、まさかの婚前同居がスタート!?　予想外の溺愛に、乃梨子は身も心も絆されていき…。

ISBN 978-4-8137-0787-5／予価600円＋税

Now Printing

『叶わない恋をしている～隠れ御曹司の結婚事情』 砂原《すなはら》雑《のい》音《ず》・著

カタブツOLの歩実は、上司に無理やり営業部のエース・郁人とお見合いさせられ"契約結婚"することに。ところが一緒に暮らしてみると、お互いに干渉しない生活が意外と快適！　会社では冷徹なのに、家でふとした拍子にみせる郁人の優しさに、歩実はドキドキが止まらなくなり…!?

ISBN 978-4-8137-0788-2／予価600円＋税

タイトル、価格等は変更になることがございますのでご了承ください。